그림자를 말하는 사람

그림자를 말하는 사람

안규철 지음

수묵화에서 달을 그릴 때, 달의 형태는 비워두고 그 주위의
구름을 그려서 달이 드러나게 하는 기법을 홍운탁월烘雲拓月이라고
한다. 김홍도의 〈소림명월도〉나 이경윤의 〈고사관월도〉가 그런
그림들이다. 서양화의 데생에서 목탄이나 연필로 석고상을
그리는 데도 비슷한 방법이 적용된다. 우리가 실제로 그리는 것은
석고상 자체가 아니라 그 위에 드리워진 그림자이다. 밝은
회색에서 가장 짙은 어둠 사이의 풍부한 음영의 스펙트럼을
섬세하게 구분해 묘사함으로써 화면 위에서 석고상이 생생한
실체로 떠오르게 하는 것이다. 그림에서만 그런 것이 아니다.
국어사전에서 꽃을 설명하는 글에는 꽃이라는 말이 들어갈 수
없다. 꽃 주위의, 꽃이 아닌 모든 것을 이야기함으로써 꽃이

저절로 드러나게 해야 하는 것이다. 그렇지 않으면 "꽃은 꽃이다"라는 동어반복의 선문답이 되기 때문이다.

'그림자를 말하는 사람'이라는 이 책의 제목은, 이 글들이 사물의 그림자를 통해서 사물을 드러낸다는 의미로, 본문 중에 나오는 파울 첼란의 시에서 가져온 구절이다. 그러므로 이 책은 2021년에 나온 『사물의 뒷모습』의 다른 이름이라 할 수 있다. 사물의 뒷모습을 말하는 것은 사물의 그림자 속으로 걸어 들어가 그 회색의 다채로움을 말하는 것이다.

『사물의 뒷모습』 이후 『현대문학』에 쓴 글들을 모으면서 20년 전 다른 지면에 발표했던 열 편의 글을 함께 묶었다. 글의 호흡은 조금 다르지만 관점과 어법에는 차이가 없어서 마치 버린 자식처럼 문밖에 세워둘 수가 없었다.

풀잎이니 빗방울이니 하는 온갖 사소한 것들에 정신을 파는 사이에 정작 가장 가까이 있는 사람은 무심히 지나쳐 온 것이 마음에 걸렸다. 이 글들의 첫 번째 독자이고 탁월한 비평가이며, 내가 늘어놓는 오만가지 황당한 아이디어를 들어주고 실현 방법을 찾아내는 창작의 동반자인 아내 이수안 교수에게 40년 동안 진 빚을 말 한마디로 갚을 수는 없겠지만, 늦게나마 고마움을 전한다.

미술계에서 나는 글쓰는 미술가라고 알려져 있다. 그러나 글도 쓰고 그림도 그린다기보다는 글을 통해서 미술을 한다고 하는 편이 맞다. 글이 먼저 있고, 거기서 그림이 나온다. 이렇게

되는데는 무엇보다도 20여 년 동안 지면을 내준
『현대문학』의 영향이 가장 크다. 한결같은 지지와 격려로
글쓰기를 계속할 수 있게 해주신 양숙진 회장과 김영정
대표께 감사의 말씀을 드린다. 늘 마감날 도착하는 가장 짧은
원고를 기다려주고 네 번째 책을 만들어주신 윤희영 팀장과
편집팀 여러분께도 감사의 마음을 전한다.

2024년 겨울
안규철

차례

책머리에 · 4

1 평범한 날들

일러두기 · 12   평범한 날들에 대해 · 16   고맙다 괜찮다 · 20
사라지는 사람들 · 24   노을 속에서 · 28   밧줄과 매듭 · 32
어쨌든 유감 · 36   책 속의 길 · 40   가을 들녘에서 · 44
음악 방송 · 48   잡초의 진심 · 52   인연 · 56   비 오는 아침 · 60

2 저울의 시간

감자 · 66   저울의 시간 · 70   담쟁이 · 74   나비의 춤 · 78
버들치 · 82   깃발과 빗자루 · 86   낙엽의 시간 · 90   제라늄 · 94
나무 · 98   작업실 계단 · 102   낡은 옷걸이 · 106

3 그림자를 말하는 사람

회색에 대하여 · 112   마지막으로 한 번 더 · 116   10년쯤 더 · 120
길모퉁이에서 · 124   톱밥 · 128   혼잣말 · 132   50주년 · 136
명예교수 · 140   분기점 · 144   직선에 대하여 · 148
그림자를 말하는 사람 · 152   검정색에 대하여 · 156

4 아무 일 없다

이명·162 계약·166 잠·170 술 끊는 법·174 아무 일 없다·178
떨림에 대하여·182 허행·186 왼발과 오른발·190

5 짧은 만남, 긴 이별

우산 없는 세상·196 꽃과 화분·204 안경·212 원목마루·220
문자 바이러스·228 올인 기념관·236 바퀴·244 단추들·252
문·260 타임머신·268 지우개·276 그리움·284
짧은 만남, 긴 이별·292

1   평범한 날들

2024 AHN

「사다리의 사다리」
2048×2048px, 디지털드로잉, 2024

일러두기

작가는 작품으로 말하는 사람이라 했으나 간혹 작품
밖에서도 할 말이 있다. 책의 일러두기가 바로 그런 지면이다.
머리말이나 본문에 넣을 수는 없지만 미리 알아두어야 할
내용, 주로 약어略語와 표기법, 주석에 대한 설명을 책 속으로
들어가는 독자에게 전해주는 안내문이다. 소설가나 시인들은
특별한 경우가 아니면 일러두기를 쓰지 않는다.
불친절해서가 아니라 작품으로만 말하려 하기 때문이다.
다만 소설 내용이 너무나 현실과 흡사한 나머지 법적 분쟁이
예상될 때 그 이야기가 전적으로 허구임을 다시 한번
확인시키는 의미에서 일러두기의 형식을 사용하는 경우가
있을 뿐이다.

평범한 날들

이럴 때 일러두기는 등산로 입구에 걸려 있는, 멧돼지 출몰에 주의하라는 현수막과 비슷하다. 정작 멧돼지를 만났을 때 그 운 나쁜 등산객에게 이런 안내문은 아무 도움이 되지 않는다. 이 사실을 등산객도 담당 공무원도 알고 있지만, 책임 소재만큼은 분명히 해두겠다는 것이다. 책을 읽다가 멧돼지를 만날 일은 없을 터이나, 기왕에 일러두기를 사용하는 김에 한발 더 나아가서 독자가 책 속에서 길을 잃고 헤매다가 중도에 포기하고 돌아 나오는 불상사를 예방하는 차원에서, 책 속에 숨어 있는 난관에 대해서도 친절한 경고를 덧붙일 수는 없을까 생각해본다. 이를테면 책의 난이도에 대해, 저자가 어떤 독자를 염두에 두고 이 책을 썼는지에 대해, 그리고 몇 페이지쯤에 독자를 좌절시키는 난관들이 나오는지에 대해 소상하게 일러두는 것이다.

　이쯤에서 글을 마무리해야 하는데, 대체 무슨 생각으로 이런 실없는 글을 시작했는지 기억이 나지 않는다. 이 글이 저자와 독자 사이를 중개하는 일러두기의 잠재적 가능성을 일깨우는 일러두기였음을 밝힘으로써 본문을 시작도 하지 않고 일러두기만 하다가 글을 끝냈다는 비난을 피하고자 한다.

「아담 자가예프스키」
20×30cm, 종이에 연필, 2021

2021년 3월에 세상을 떠난 폴란드 시인 아담 자가예프스키의 시집*에는 독자가 보내온 편지글을 인용해 '독자에게서 온 편지'라는 제목으로 쓴 시 한 편이 실려 있다. "죽음에 대한, 그림자에 대한 내용이 너무 많아요"라는 문장으로 시작하는 이 시는 "삶에 대해, 평범한 날들에 대해, 기나긴 저녁에 대해, 새벽에 대해, 빛의 무한한 끈기에 대해" 써보라고 요청하는 독자의 편지를 노시인의 담담한 목소리로 읽어주고 있다.

나에게는 이 말이 꼭 내게 하는 말처럼 들렸다. 죽음은 아닐지라도, 내가 미술의 이름으로 해온 일 대부분은 사물의 그늘 속에서 모순과 부조리를 찾아내는 것이었다. 그 일을

예술가가 해야 할 가장 중요한 일이라 여겨오는 동안 뭔가를
놓치고 있었다는 생각이 들었다. 가슴 깊이 타인에 대한
실망과 분노와 혐오를 감춘 채, 세상을 사랑하기 때문에
이렇게 한다고, 그 일이 세상을 위해 좋은 일이라고 애써
믿어왔는지도 모른다. 그러느라 늘 무언가에 화가 나 있었던
것이 아닌지, 그 상태에 너무 익숙해진 나머지 그런 내 모습을
나만 모르고 있었던 것은 아닌지 돌이켜본다. 죽음과
그림자에 대한 말이 넘쳐나는 이 세상에서, 나도 다시 '평범한
날들에 대해, 정돈된 일상을 향한 바람에 대해' 더 많이
이야기해야 하는 것이 아닌지.

* . 아담 자가예프스키, 『타인만이 우리를 구원한다』, 최성은 · 이지원 옮김,
문학의 숲, 2012.

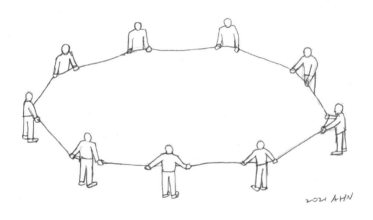

「무제」
20 x 30cm, 종이에 연필, 2021

여러 해 동안 쓴 글을 모은 책이 나와서 지인들에게 한 권씩 보냈다. 코로나 때문에 만나지 못했던 이들에게 안부를 전할 겸, 문자메시지로 주소를 받아 적고, 속표지에 서명을 해서 우체국 택배로 보내면 이틀이나 사흘 만에 '잘 받았다'거나 '축하한다'는 메시지가 돌아왔다. 그러면 나는 '엄혹한 시절에 사소한 얘기들을 늘어놓아 부끄럽다'고 답신을 보내곤 했다. 그냥 하는 말이 아니라 실제로 솔직한 내 심정이 그랬다. 끔찍한 질병이 전 세계를 휩쓸고, 참혹한 전쟁과 학살이 끊이지 않는 이 세상에서 풀과 벌레 들에 대한 소소한 감상을 적은 내 글들을 사람들이 어떻게 읽을지 걱정이었다. 책을 받았다 못 받았다는 답신이 아예 없으면

그런 걱정이 더 들었다. 이런 시절에 무슨 한가로운
수작이냐고 말 없는 질타를 받는 느낌이었다. 더러 '바로
그렇기 때문에' 좋았다는 격려의 문자가 돌아오기도 했다.
말을 할 줄 아는 사람들은 하나같이 언성을 높이고, 말인지
욕설인지 분간할 수 없는 독한 언사가 지배하는 이 세상에서
천천히, 조용히 말해줘서 고맙다고, 괜찮다고. 내가 정말 듣고
싶었던 말을 해주는 이들이 그래도 가끔 있다. 정말 다행이다.

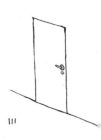

I

II

III

2021 AH

「문」
21×30cm, 종이에 연필, 2021

사라지는 사람들

　　어느 날 갑자기 사라지는 사람들이 있다. 이런저런
인연으로 전시장에서 마주치면 안부를 주고받던 미술계
사람들 중에도 그런 이들이 꽤 있다. 알 만한 사람에게
물어봐도, 만난 지 오래돼서 요즘 어떻게 지내는지 모른다고
한다. 주변과 연락을 끊은 채 어딘가 외진 곳에 틀어박혀 있는
모양인데, 무슨 일인지 잘 모르겠다는 것이다. 집안의
우환이나 본인의 질병 같은, 알리고 싶지 않은 개인사
때문이든, 아니면 세상에 대한 지독한 실망 때문이든, 사람이
홀연히 무리를 떠나 혼자만의 삶을 선택할 때는 나름의
사연이 있을 테지만, 그 이유를 안다고 한들 제3자가 무슨
말을 해줄 수 있으랴.

한 해를 넘길 무렵이면 그런 이들 중에 떠오르는 얼굴들이 있다. 언제 마지막으로 만났는지 기억도 흐릿하고, 오늘 다시 만난다 해도 무슨 할 이야기가 있을지 알 수 없으나, 그래도 뭘 하고 지내는지, 작업은 어떻게 하고 있는지 궁금해지는 사람들이 있다. 그러다가 문득 나 자신이야말로 누군가에게는 이미 그렇게 사라진 사람이 되었겠다는 생각이 든다. 정년퇴직과 코로나가 겹친 지난 2년 동안 웬만하면 집 밖을 나가지 않았으니, 어떤 이들 사이에서는 내가 바로 조용히 사라진 사람이 되어 있을지 모른다. 몇 년 만에 작은 전시 하나를 겨우 열었고, 한 달에 한 번 손바닥만 한 글 한 편을 써낸 것 외에는 세상에 나선 일이 거의 없었다. 이렇게 또 한 해를 보낸 지금은, 생각나는 사람들에게 안부를 전해야 할지, 아니면 이대로 혼자 걷는 오솔길의 달콤한 고독을 따라갈지를 정해야 하는 시간이다.

「노을을 그리는 사람」
2048 × 2048px, 디지털드로잉, 2024

　해 질 녘 붉게 물든 서쪽 하늘의 빛은 하루가 저물며
남기는 마지막 모습이다. 매일 저녁 긴 그림자를 이끌고
멀어져 가는 하루의 뒷모습을 바라만 보다가 나는 그 빛을
캔버스에 옮겨보기로 했다. 우리가 살아가는 땅 위의 일들을
절대적인 무관심과 침묵으로 내려다보고 있는 저 하늘에게서
덧없이 흘러가는 세상의 일들을 똑같은 무심함으로 바라보는
법을 배울 수 있을까.

　저 노을빛은 몇 시간 뒤에는 우크라이나의 처참한
전쟁터에도 가서 닿을 것이다. 불타는 도시와 죽어가는
사람들을 똑같은 황홀한 빛으로 물들일 것이다. 세상에서
무슨 일이 벌어져도 저 빛은 자기 일을 멈추지 않을 것이다.

우리가 거기서 무엇을 보든, 그것을 무엇이라 부르든, 그 아래서 우리가 무슨 어리석은 일을 벌이든 그것은 늘 그래왔듯 전혀 개의치 않을 것이다. 하늘도 무심하다고 한탄하는 것은 우리의 일일 뿐, 우리가 이곳에 있든 없든 그것은 하던 일을 계속할 것이다. 이 절대적 공허 앞에서 우리는 무엇이든 깨달았어야 했다. 우리가 우리 자신 이외의 그 무엇에도 기댈 수 없다는 것을 알았어야 했다. 달에 가고 화성에 갈 수도 있는 인간이 실은 그것으로부터 아무것도 배우지 못했음을 뼈저리게 돌아보았어야 했다.

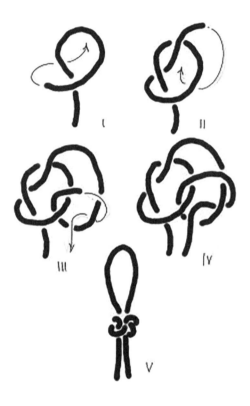

「연인의 매듭」
728×1977px, 디지털드로잉, 2022

암벽등반가, 구조대원, 선원들의 공통점은 밧줄을
가지고 일을 한다는 것이다. 밧줄이 없으면 그들이 할 수 있는
일은 거의 없다. 그런 만큼 그들은 밧줄과 매듭의
전문가들이다. 줄을 묶어서 매듭을 만드는 것은 거칠고 험한
산과 바다에서 그들의 일과 생존을 위한 필수적인 기술이다.

매듭이라고는 운동화 끈을 묶고, 어쩌다 넥타이를 매는
정도밖에 해본 적이 없는데, 뒤늦게 매듭을 배워야 하는 일이
생겼다. 두어 달 전부터 외딴곳에 손바닥만 한 오두막 하나를
짓게 되었는데, 한여름 뙤약볕을 피할 그늘막을 치고,
자재들이 비바람에 상하지 않도록 비닐을 덮을 때마다 줄을
제대로 묶을 줄 알아야 했기 때문이다. 매듭이 허술한 것을

어쩌면 그렇게 귀신같이 아는지 심술 맞은 바람은 한 번도
그냥 봐주고 넘어가는 법이 없었다. 결국 뱃사람들과
산악인들이 쓰는 기본 매듭 몇 가지를 찾아서 배웠고, 좋은
매듭의 핵심은 당기면 당길수록 강해지고, 풀어야 할 때는 쉽게
풀리는 데 있다는 것도 알게 되었다. 그것은 결국 우리의 몸을
연장延長하는 기술, 우리의 의지와 무관하게 움직이는 사물의
손발을 묶어 꼼짝 못 하게 제압하는 기술이다. 보울라인이니,
팔자니 하는 생소한 이름의 매듭법이 웬만큼 손에 익을 무렵,
서늘한 생각 하나가 머릿속을 맴돈다. 마당에 빨랫줄을 묶을 때
쓰이는 이 간단한 기술이 어딘가에서는 사람을 포박하고
나아가 그 목숨을 끊는 데도 사용된다는 것이다.

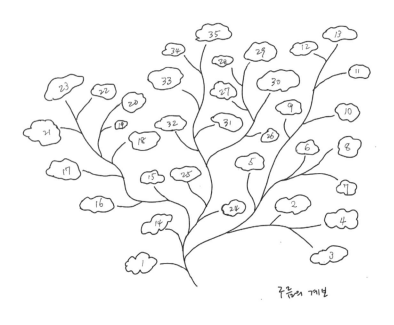

구름의 계보

「구름의 계보」
2732×2048px, 디지털드로잉, 2022

'어쨌든'으로 시작되는 말은 일단 긴장해서 들을 필요가
있다. 그것은 이제까지의 대화에 마침표를 찍고 논점을 옮겨
곧바로 결론으로 들어가겠다는 분명한 신호이기 때문이다.
두 개의 문장 사이에 접속사처럼 놓이는 '어쨌든'의 진짜
기능은 접속이 아니라 단절과 전환이다.

그것은 '그러나' '그래도' '그럼에도 불구하고' 같은
부류의 말들과도 다르다. 이런 말들이 앞의 문장을
반박하면서도 대화의 지속을 전제로 하는 것과 달리,
'어쨌든'은 토론의 일방적 종결을 통보한다. 대화의 판 자체를
뒤엎고 상대방의 입을 틀어막는다.

불리한 결론에 도달하기 전에 성가신 논쟁에서

빠져나가려 할 때 이처럼 효과적인 말은 없다. 전후 사정과 과정이 어떠하든 눈에 보이는 결과가 중요하다고 믿는 사람에게 이보다 매력적인 말은 없다. 거두절미하고, 이유 여하를 막론하고, 질문과 회의가 끼어들 틈이 없는 철석같은 확신과 안도감을 찾을 때 이에 필적할 말은 없다.

'어쨌든'을 입에 달고 사는 사람들 앞에서 나는 마음이 불편하다. '어째서'도 아니고, '어떻게'도 아닌, '어쨌든'이 세상을 지배하고 있다는 것을, 어쨌든 나는 믿을 수가 없다.

2023 AHN

「책장」
3903×4439px, 디지털드로잉, 2023

책
속
의
길

　　책장 정리를 하다가 놀라운 사실을 하나 알게 되었다.
작업실 한쪽 벽 전체를 빼곡히 채우고 있는 책들 중에서 내가
그 내용을 제대로 기억하는 것이 그리 많지 않다는 것이다.
해를 넘기기 전에, 더 이상 읽지 않을 책들을 솎아내고,
읽어야 할 책들을 앞쪽으로 꺼내놓으려는 요량으로 시작한
일이 의외로 간단치가 않았다. 읽은 기억은 있지만 거기서
무엇을 읽었는지 머릿속에 남은 것이 별로 없다. 페이지를
펼쳐 한두 줄 읽다가 그대로 책 속으로 빠져드는 바람에, 하루
이틀이면 될 줄 알았던 일이 일주일을 넘기고도 끝날 것 같지
않았다. 어렴풋이 줄거리를 기억해낼 수 있으면 아주 양호한
편이고, 대부분은 까마득한 기억 저편의 뿌연 안개 속에서

한두 장면을 겨우 떠올릴 수 있을 뿐이다. 파트리크 쥐스킨트가 쓴「문학적 건망증」의 주인공처럼, 연필로 밑줄까지 쳐놓은 문장들을 생전 처음 본 것처럼 감탄하며 읽다가, 오래전에 그 밑줄을 친 사람이 바로 나였음을 깨닫고 좌절한다. 어떻게 이럴 수가 있나. 도서관의 오래된 구호는 '책이 사람을 만든다'고 했는데, 이 책들과 수십 년을 함께 살고도 아무것도 기억하지 못한다면, 그 책들이 만든 '나'라는 사람은 대체 어떤 사람이란 말인가.

　'책 속에 길이 있다'면, 수많은 이들의 삶과 꿈으로 이어지는 그 무수한 길들이 나를 지금 이곳까지 데려왔을 터이다. 지나온 길들의 기억이 지워진다고 한탄할 것이 아니다. 또 한 번 모든 것을 잊게 될지라도 다시 그 책 속의 길들로 걸어 들어가 보아야 한다. 그렇게 다시 새로운 삶을 시작해보아야 한다.

평범한 날들

「가을 풀잎들」
2048×2732px, 디지털드로잉, 2023

　가을 들판은 떠날 준비를 하는 것들로 가득하다. 늦게 핀 백일홍이 지고 풀벌레 소리가 문득 그치면 억척스럽게 퍼져나가던 잡초들도 일시에 그 자리에 멈춰 선다. 때가 되었음을 아는 것이다. 그만했으면 이제 됐다는 듯 풀들은 더 이상 잎을 펼치지도, 줄기를 뻗지도 않는다. 여름내 추던 춤을 그대로 멈춘 채, 가을 햇볕 아래서 바싹 마른 잎과 줄기들은 바람에 몸을 맡기고 누가 누구였는지를 잊을 때까지 서로 부대끼며 뒤섞인다. 마른 잡초들이 쓰러지고 부스러져 흔적 없이 사라지는 동안 그들이 키웠던 씨앗들은 아무 약속도 없이 허공에 흩어진다. 가을 들녘에서 우두커니 그 모습을 지켜보는 이의 마음이 어찌 스산하지 않을 수 있을까.

떠날 때가 되면 뜨겁게 타오르던 여름의 기억을
내려놓고 말없이 돌아서는 저 풀들은 어째서 나무들처럼
제자리에 버티고 서서 다가오는 겨울을 견디려 하지 않는가.
대체 무엇을 믿기에 조바심도 회한도 없이 그처럼 자신이
지나온 생을 툭툭 털고 일어설 수 있는가.

「돌의 시간Ⅱ」
20×30cm, 종이에 오일파스텔, 2023

　　작업실에서 일하는 동안 무심코 라디오를 켜놓곤 했다.
책을 읽거나 글을 쓸 때는 방해가 되지만, 하루 종일 혼자서
단순노동을 반복할 때는 음악이 도움이 된다. 진행자의
말수가 적고, 잔잔한 음악을 틀어주는 방송을 주로 찾아
들었는데, 시도 때도 없이 끼어드는 광고가 거슬리지만 피할
수가 없었다. 세상에 공짜란 없으니, 듣고 싶은 음악을
들려주는 만큼 그들도 내게서 원하는 게 있으리라는 걸 이해
못 할 바는 아니다. 다만 문제는 귀에 쏙쏙 들어와 박히도록
전문가의 솜씨로 만들어진 이 자극적인 소리들이, 나도
모르는 사이에 머릿속에 새겨져 라디오를 끈 뒤에도 저절로
자동 재생되기에 이른다는 것이다. 음악 방송 진행자들을

탓할 일은 물론 아니지만, 그들이 정성껏 골라서 들려주는
좋은 음악들이 나처럼 하루 종일 혼자 있는 사람들에게
상품을 팔고 회사를 홍보하기 위한 미끼가 된다는 걸
생각하면 입맛이 쓰다. 친구처럼 조곤조곤 속삭이는
진행자의 다정한 목소리와 아름다운 음악에 위로를 받고
흔들리는 마음을 가라앉히는 동안, 내가 원하지 않는 낯선
기억이 슬며시 내 안으로 들어와 자리 잡는다는 것, 이것은
간단한 문제가 아니다. 라디오를 치우고 그 자리에 돌덩이
하나를 올려놓는다. 돌의 침묵과 정적을 견디기 어려울 때는
창밖의 새소리 바람 소리에 귀를 기울이기로 한다.

「잡초의 진심」
4032×3024px, 디지털드로잉, 2024

잡
초
의
진
심

잡초를 뽑아보면 그것들이 삶에 얼마나 진심인지를 알
수 있다. 자갈밭이든 나무 그늘 아래든 그것들은 자신에게
주어진 장소를 운명으로 받아들이고, 온 힘을 다해 뿌리를
내리고 잎을 펼친다. 한 줌도 안 되는 작은 풀 한 포기조차
스스로 포기하거나 누가 원한다고 해서 순순히 자신을
내어주는 법이 없다. 뿌리째 뽑혀 나오는 그 순간까지 움켜쥔
흙 한 덩이를 놓지 않는다. 지금은 비록 패배하지만 반드시
돌아와 다시 시작하리라고 시위라도 하는 것 같다.

나는 과연 잡초만큼 매사에 진심이었을까. 미술가로,
학생을 가르치는 선생으로, 가장으로 그럭저럭 할 일을 하며
살아왔지만, 나에게 주어진 조건을 탓하고, 나 아닌 다른

것에서 포기할 구실을 찾고, 했어야 할 일을 뒤로 미루며
살아오지 않았던가. 스케치북에 쌓여 있는 실현되지 않은
수많은 계획들은 결국 시작도 하기 전에 시작하지 않을
이유를 찾는 데 더 많은 시간을 보냈던 사람의 실패의 기록이
아니었던가.

　　여름은 아직 오지도 않았는데 이미 마당을 점령해
들어오는 잡초를 뽑느라고 하루를 보내면서 내가 잡초만큼
이 일에 진심이 아니면 이 싸움은 결코 이길 수 없는 싸움이
될 것이라는 생각이 든다. 내가 매사에 진심이 아니면 내
안에서 진심으로 나를 점령하려는 잡초의 진군을 결코
막아낼 수 없을 것이다.

상자 A에 자물쇠 B의 열쇠,
상자 B에 자물쇠 A의 열쇠

2024 AHN

「두 개의 상자」
5924×4357px, 디지털드로잉, 2024

인연

　열쇠와 자물쇠는 함께 있어야 작동한다. 그러나 둘은 함께 머물러 있을 수 없다. 열쇠가 꽂혀 있는 자물쇠는 있으나 마나 한 물건이 되기 때문이다. 자물쇠가 잠긴 뒤에 열쇠는 그 자리를 떠나고, 자물쇠는 열쇠가 돌아올 때까지 한결같은 모습으로 기다린다. 서로의 몸에 새겨진 요철로 서로를 기억하는 그들은 그 기억을 자기들만의 비밀로 간직한다. 둘의 만남은 짧고 헤어짐은 길다.

　함께 있어야 하는 것은 바늘과 실도 마찬가지다. 그리고 그들도 역시 함께 머물러 있을 수 없다. 실을 데리고 가던 바늘은 어딘가에서 실을 남겨두고 혼자 떠난다. 그들은 이제 다시 만날 일이 없다. 이들의 헤어짐에는 약속도 기다림도

평범한 날늘

없다.

　　짧은 만남으로 말하자면 활과 화살은 이보다 더하다. 그들은 만나는 순간 헤어져야 하는 운명이다. 옷깃을 스치듯 짧은 만남 뒤에 화살은 시위를 떠나고 활은 제자리에 남는다. 이들은 헤어지기 위해 만들어진 짝이다. 둘 중 하나만으로는 기능하지 못하는, 그러나 함께 머물 수는 없는 연인이다.

　　우리의 인연들도 이와 다를 게 없다. 무심한 시간 속에서 남는 것은 만남의 빛나는 순간들뿐이다. 그러나 무엇을 더 바랄 것인가. 그것이면 충분하다.

「강희안의 고사관수도를 따라서」
390×573px, 디지털드로잉, 2024

비
오
는
아
침

　여름의 끝을 알리는 비가 내리는 아침, 무심히 빗줄기를
바라보다가 문득 이것이 빗방울에게는 참담한 순간일 수
있겠다는 생각을 해본다. 구름이 되어 세상의 소란과 시름을
잊고 두둥실 떠다닐 때 물방울들은 언젠가 이런 날이 올 줄
알았을까. 자신이 떠나왔던 흙과 계곡과 바다로 다시
돌아가는 이 돌연한 추락을 그들이 어떻게 순순히 받아들일
수 있을까. 하늘로 날아올라 바람에 몸을 맡기고 신선들과
함께 세상을 유람하는 구름으로 지낸 꿈 같은 시간이
끝났음을 알았을 때, 다시 집요한 중력에 이끌려 언제 끝날지
모르는 흙탕물과 급류와 차가운 지하수의 시간으로, 피와
땀과 눈물의 시간 속으로 빨려 들어가는 지금 이 순간을

그것들이 어떻게 아무런 절망도 회한도 없이 담담히 맞이할 수 있을까. 언젠가 다시 구름이 되어 떠오를 수 있다는 믿음, 지상에서의 번뇌와 오욕을 떨쳐내고 순수한 자신의 본래 모습으로 부활하리라는 희망 없이, 바닥에 떨어져 산산이 부서지는 이 순간을 어떻게 견딜 수 있을까. 정처 없는 구름으로 떠도는 것보다는 세상에 내려가 다른 것들과 몸을 섞고 부대끼며 때로는 누군가를 살리는 삶이 그래도 낫다고 할 수 있을까. 물방울에게 어느 쪽이 삶이고 어느 쪽이 죽음인가. 천상병 시인의 '소풍'이 생각나는 아침이다.

2   저울의
     시간

「감자」
20×30cm, 종이에 연필, 2020

감
자

　　식물은 열매를 키우는 방식에 따라 두 부류로 나눌 수
있다. 보란 듯이 매혹적인 열매를 세상에 드러내는
과일나무가 있는가 하면, 세상을 등지고 땅속 깊은 곳에서
볼품이라곤 없는 우울한 덩어리를 만드는 감자 같은 부류가
있다. 햇빛과 흙에서 양분을 끌어모아 살아가는 식물의 삶은
같지만, 그 기질과 생존 방식은 전혀 다르다. 사과나무는
달콤한 자신의 결실을 기꺼이 약탈자의 손에 쥐여주고 그
대가로 삶을 이어간다. 약탈자들이 뱉어낼 사과 씨앗들은
사방으로 퍼져 나가 다가올 미래를 기다린다.

　　반면에 감자는 약탈자를 피해 지하로 내려간다. 땅
위에서 여름내 푸른 잎을 펼쳐 햇빛을 받아들이는 동안,

　　　　　　　　　　　　　　　저울이 시간

햇빛도 바람도 새소리도 없는 어둡고 축축한 흙 속에서 감자는 자신의 열매에 씨앗을 위한 양분을 저장하는 일에만 전념한다. 빛이 없으니 화려한 색채도 필요 없고, 누구에게 보일 것이 아니니 반듯한 모양도 필요 없다. 각자의 고독과 침묵 속에서 그저 미래를 기약하며 단단히 안으로 뭉쳐진 울퉁불퉁한 덩어리가 되는 것으로 충분하다.

그 감자를 먹고 사는 사람들의 삶 또한 크게 다를 것이 없다. 반 고흐의 그림 속 '감자 먹는 사람들'이 그렇듯 자신이 짊어진 운명의 무게를 견디고 살아남는 일에만 집중한다. 다용도실 구석에 뒹굴다가 혼자 싹을 틔운 감자를 보며, 코로나시대에 집 안에 칩거하는 나의 생활이 그것과 다르지 않다는 생각이 든다. 다만 이 멈춰진 시간 동안 내가 무엇에 전념하느냐, 어떤 열매를 맺을 수 있느냐가 문제일 뿐.

저울의 시간

「저울」
21×30cm, 종이에 잉크, 2021

저
울
의
시
간

고장 난 오래된 저울을 내다버리고 새 저울을
들여놓았다. 몸무게만 알려주는 게 아니라 체지방 지수를
측정하고 휴대전화로 데이터를 전송해서 건강관리까지
해준다는 설명이다. 먼저 있던 저울은 무게를 재는 일 외에는
일체 관여하지 않았다. 무심하다 해야 할지 태평하다 해야
할지, 그것은 무게 이외의 것에는 아무 관심이 없었다. 길이나
두께, 모양이나 색깔은 물론이고 자신이 무게를 알려주는
대상이 누구인지도, 무엇인지도 알려고 하지 않았다. 하루 한
번 들르는 손님처럼 주인이 잠깐 다녀가고 나면 진종일 아무
일도 일어나지 않는 자신만의 세계에서 하릴없이 0을
가리키는 눈금을 가지고 제자리를 지키는 것이 저울의

일이었다.

　정년을 하고 처음 맞는 새해에 지나온 시간을 돌아보니 온갖 세상일에 엮여서 살아온 이제까지의 생활을 깨끗이 청산하고 온전히 나 자신에게만 집중하는 은둔자가 되고 싶은 생각이 절반, 이런저런 핑계로 제쳐두었던 세상의 다른 일들에 간여하면서 새 인생을 시작해보고 싶은 생각이 절반이다. 둘 사이에서 내 저울의 추는 이미 한쪽으로 기울었다. 지금은 세상에서 물러설 시간, 내 삶에서 덜어낼 것과 채워 넣을 것을 가려내는 법을 저울에게서 배워야 할 시간이다.

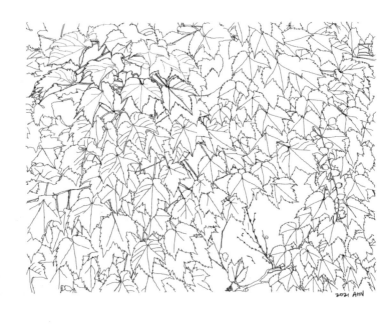

「담쟁이」
20×30cm, 종이에 잉크, 2021

　　몇 년 전부터 대문 옆 담벼락을 타고 오르던
담쟁이덩굴이 올해는 담장 전체를 뒤덮었다. 도로에 면해
있는 마당이 들여다보이는 게 싫어서 쌓았던 밋밋한
벽돌담에 푸른 잎이 덮이는 걸 굳이 막을 이유도 없으니 그냥
두고 보기로 했던 것이다. 물 한 번 제대로 준 적이 없는데
어느새 그 구역의 주인 행세를 하는 존재가 되었다.

　　나무들이 대개 단단한 줄기를 중심에 두고 가지와 잎을
펼쳐내며 일사불란하게 자신의 독립적인 세계를
만들어간다면, 담쟁이의 생존법은 전혀 다르다. 전체를
통제하는 중심이 없고, 마땅히 어떠해야 한다는 정해진
형태가 없다. 각각의 잎사귀와 줄기 하나하나가 스스로

판단하고 행동하는 중심이다. 볕을 쬘 수 있는 빈자리가
있다면 어디든 자신의 몸을 비틀어서라도 나아가는 데
주저함이 없다. 정해진 형태가 없으니 형태를 만드는 일에
힘을 쓸 필요가 없다. 거센 바람에 꺾이거나 뿌리 뽑힐 것을
걱정할 필요도 없다. 주위의 단단한 것들에 의지해 몸을
지탱하면서 부단히 새로운 잎사귀를 펼쳐 앞으로 나아가는
일에만 집중할 뿐이다. 어떤 이들은 담쟁이가 남에게 빌붙어
산다고 멸시하지만, 이 세상의 누가 과연 무언가에 기대지
않고 살아갈 수 있는가. 특별한 그 무엇이 되려 하지 않으며,
그 일의 결과가 무엇이 되든 한결같은 자세로 미지의 영역을
향해 한 잎 한 잎 나아가는 것이 담쟁이덩굴의 미덕이다.

그러던 어느 날 문득 고개를 들어보면, 뜻밖의 선물처럼 거대한 녹색의 세계가 펼쳐져 있는 것이다. 무릇 예술가의 일도 그래야 하는 것이 아닐까.

저울이 시간

2021 AHN
신사임당의 초충도

「사임당의 초충도」
20×20cm, 종이에 펜, 2021

　무겁게 내려앉은 회색 구름이 금방이라도 비를 퍼부을
것 같다. 일기예보에서는 태풍이 올라온다고 했는데,
어둑어둑해진 마당에 비설거지를 하러 나가 보니 꽃도 없는
풀섶에서 흰나비 한 쌍이 정신없이 춤을 추고 있다. 조금
전까지 소란스럽던 새들도 풀벌레들도 모두 각자의 은신처를
찾아들어갔는지 사방이 쥐 죽은 듯 고요한데, 어째서 이들은
아직도 이러고 있는가. 빗방울이 후드득 떨어지기 시작하면
저 연약한 날개들을 어찌하려고 저리도 태평인가.

　한쪽이 다가가면 달아나고, 달아나면 쫓아간다. 닿을 듯
말 듯 거리를 유지한 채, 한순간도 서로에게서 눈을 떼지 않고
상대의 몸짓을 거울처럼 따라 한다. 지금 그들이 보고 있는

세상에는 빙글빙글 돌고 있는 서로의 모습만 가득할 것이다.
비바람이 몰려오든, 세상이 무너지든, 지금 이 순간의 황홀에
모든 것을 걸기로 작정을 한 것일까.

　아마 그들도 알고 있을 것이다. 이 춤이 곧 끝난다는
것을. 이것이 자신들에게 주어진 마지막 기회라는 것을.
모두가 숨죽이고 있는 지금의 이 정적이야말로 사랑을
이야기할 최고의 순간이라는 것을.

　누군가의 눈으로 보면 우리의 삶도, 다가오는 운명의
그림자 속에서 펼쳐지는 한순간의 춤일지 모른다. 지금 이
순간 우리도 그들처럼 모든 것을 걸고 온 힘을 다해 춤을 추고
있는데, 그렇다는 걸 우리만 모르고 있는지 모른다.

「산책」
20 × 30cm, 종이에 연필, 2021

버
들
치

　매일 아침 북한산 둘레길을 따라 산책을 다녀온다.
호젓한 산길을 따라 걷다 보면 계절마다 달라지는 숲과
들꽃이 있고 계곡을 흐르는 물소리도 있으니, 도시에 살면서
흔치 않은 호사를 누리는 셈이다. 개울을 건널 때는 멈춰 서서
버들치들이 살고 있는 얕은 물웅덩이를 들여다본다.
어디선가 무리를 지어 나왔다가는 쏜살같이 바위틈 사이로
사라져버리는 게 전부이지만, 잠깐이라도 그 모습을
보겠다고 아이들처럼 숨죽여 기다리는 게 어느새 습관이
되었다. 계곡물이 너무 많거나 적은 날 물고기들이 좀처럼 집
밖으로 나오지 않을 때, 허탕을 치고 돌아서면 별일도 아닌데
공연히 아쉽다. 물론 그들은 꿈에도 모를 테지만, 날이 가물어

웅덩이의 모래 바닥이 드러나면 녀석들이 바위틈에서 어떻게 견디고 있을지 궁금하고, 비가 와서 물이 불어나면 급한 물살에 쓸려 내려가는 건 아닌지 아무짝에도 쓸데없는 걱정을 한다. 어쩌다 운이 나빠서 급류에 휩쓸린다 해도 그들은 아마 또 다른 웅덩이를 찾아 새로운 삶을 이어갈 것이다. 그러나 그렇게 한번 집을 떠난 물고기는 다시는 제자리로 돌아갈 수 없다는 것이 마음에 걸린다. 돌이킬 수 없다는 점에서는 우리의 나날도 다를 게 없다. 매일 같은 산책로를 따라 걷고, 매일 같은 집으로 돌아오는 우리도, 시간의 물살에 휩쓸려 하루하루 낯선 내일을 향해 흘러 내려가고 있는 것이다.

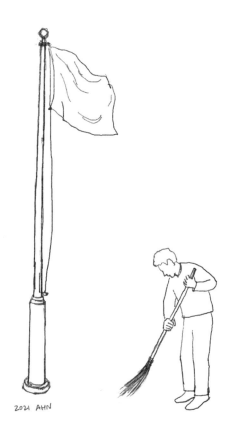

「깃발과 빗자루」
20×30cm, 종이에 연필, 2021

둘은 긴 막대 끝에 뭔가를 붙여 만든 물건이라는 점에서 같다. 하나는 천 조각을 매달았고, 다른 하나는 싸리나무 가지를 묶었지만, 인간이 자신의 짧은 팔을 대신해 만드는 도구라는 점에서 같다. 그러나 그들에게 주어진 일과 그들의 운명은 하늘과 땅만큼 다르다. 한쪽은 하늘 높이 들어 올려져 모두가 우러러보는 곳에서 펄럭이고, 다른 하나는 가장 낮은 곳에 쌓이는, 발길에 치이는 쓰레기를 쓸어내는 험하고 고된 일에 온몸을 바친다. 한쪽이 어떤 집단의 신성한 상징으로 주목과 존중을 받는 동안, 다른 한쪽은 아무도 거들떠보지 않는 비천한 소모품으로 쓰이다가 가차 없이 버려질 뿐이다.

그럼에도 둘은 장소를 만든다는 점에서 같다. 바람에

휘날리는 깃발은 깃대가 서 있는 공간을 어떤 집단에 속하는 장소로 만들고, 빗자루는 그것이 쓸어내는 마당을 그 주인의 마음을 반영하는 장소로 만든다. 한쪽이 깃발 아래 묶이는 집단을 향하는 '소리 없는 아우성'이라면, 다른 한쪽은 개인의 내면을 향하는 말 없는 수행이다. 다시 정치의 계절이 돌아오고 거리에 요란한 깃발들이 펄럭이는 동안, 나는 깃발의 행렬이 지나간 뒤 우리가 발 딛고 있는 바닥을 쓸어내는 빗자루의 말 없는 헌신을 생각한다.

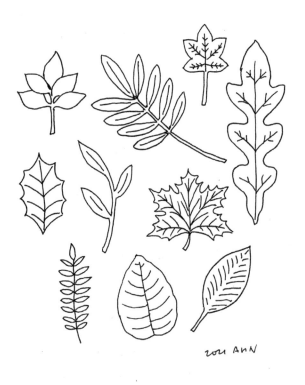

「나뭇잎」
21 × 30cm, 종이에 펜, 2021

마당에 쌓이는 낙엽을 아무리 쓸어내도 어딘가에는 끝내
남는 것들이 있다. 바람이 불 때마다 이리저리 휩쓸려 다니는
그 잎사귀들은 자기들끼리 늘 모이는 구석이 있고, 나는 이제
웬만하면 그것들을 모르는 척 놓아두기로 한다. 어쩌다 그
마른 잎 하나를 손바닥에 올려놓고 가만히 들여다보면,
가까스로 형체를 유지하고 있는 잎사귀들 속에는 작은
마을의 지도 하나씩이 들어 있다. 그 자체로 온전했던 하나의
세계, 그들이 지나온 푸르렀던 여름의 기억이 들어 있다.
빛나는 시간은 지나갔고, 지금은 다시 잎사귀가 아닌 어떤 것,
아무것도 아닌 어떤 것이 되기를 기다리는 시간이지만, 아직
모든 것이 끝난 것은 아니다. 낙엽들에게는 생전 처음으로

어디에도 속하지 않은 채 떠도는 시간이 남아 있고,
나무에게는 잎들을 다 떠나보낸 뒤 혼자서 또 한 번의 모진
겨울에 맞서야 하는 시간이 다가온다. 나는 아무것도 아닌 이
작은 잎사귀에 새겨진 그 길들을 하나하나 따라가본다.
하나에서 둘로, 둘에서 넷으로 나뉘며 계속 서로에게서
멀어지는 무수한 갈림길들이 거기에 있다.

　　낙엽과 나무와, 그것들을 바라보는 내가 아무것도
아니었던 시간이 있었고, 결국 아무것도 아닌 것이 될 시간이
있다. 두 개의 다른 시간 사이에 있는 짧은 삶 속에서 나는
『마지막 잎새』에 나오는 화가가 그렸던 잎사귀처럼 누군가를
살게 하는 그림을 그릴 수 있을지 생각한다.

「제라늄」
21x30cm, 종이에 연필, 2022

제
라
늄

늦가을에 거실로 들여놓은 제라늄 화분에서 겨우내 꽃이
피었다. 누가 지켜보는 걸 아는지, 마당의 그늘진 구석에 있을
때보다 꽃잎의 붉은색이 눈이 시리도록 진하다. 매일 아침
아내는 "애들 좀 와서 보라"며, 꽃대가 올라오고 꽃망울에서
하나둘 꽃잎이 펼쳐지고 드디어 둥근 꽃송이를 이루며
만개하는 모습을 바로 옆에 있는 나에게 중계방송하듯
전해준다. 한쪽에서 시든 잎이 하나둘 떨어질 때 다른
쪽에서는 새 꽃망울들이 연이어 벌어진다. 오늘의 날씨,
지나가는 구름과 저녁노을처럼 이 꽃들의 모습이 어느새
나의 일상 속으로 들어왔다.

그런데 '이 아이들'은 대체 무슨 생각으로 이렇게 계속

저울의 시간

피는 것일까. 꽃을 보고 날아올 벌도, 나비도 없는 이 한겨울에 무슨 희망으로 저 화려한 꽃을 피우는가. 한 모금의 물과 한 줌의 햇빛을 가지고 온 힘을 다해 자신의 존재를 알리는 저 꽃들은 지금은 아무도 오지 않는다는 것을 모를까. 자신들에게 주어진 시간을 그냥 보낼 수 없어서, 세상에서 할 수 있는 일이 그것뿐이어서 그럴까.

겨울 동안 그들이 없었더라면 적막했을 집 안에서 뜻밖의 꽃 선물을 누리면서, 한편으로 그들의 노력이 결실 없이 끝나리라는 것에 마음이 쓰인다. 그 꽃들 속에서 아무도 알아주지 않는 그림을 그리는 무명 화가들의 모습을 떠올리게 되는 것이다.

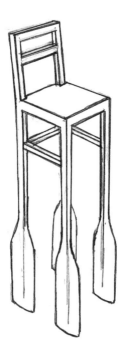

「노-의자」
1885x2388px, 디지털드로잉, 2022

어떤 나무는 집이 되고, 어떤 나무는 나룻배가 된다.
무거운 짐을 싣는 수레가 되고, 천상의 소리를 전하는 악기가
된다. 타오르는 불꽃이 되고, 천 길 땅속에서 아무도 기억하지
않는 검은 석탄이 된다. 허공에 흩어지는 연기가 되거나,
화가의 붓끝에서 천 년의 시간을 가로지르는 묵향이 되거나,
나무는 자신의 운명에 연연하지 않는다. 무엇이 될지 알지
못하고 알려고도 하지 않는다. 원망도 회한도 없이 한결같은
자세로 지금 여기서 해야 할 일에 전념하며 자신에게 주어진
한세상을 건너갈 뿐이다. 나무 안에는 속세의 인간이 감히
범접할 수 없는 고요한 수도자의 영혼이 숨 쉬고 있다.
나뭇결은 그렇게 지내온 나날들의 기록이다.

목재상에서 구해온 북미산 홍송 몇 단을 켜서 특별한
의자 하나를 만든다. 촘촘한 나이테를 가로질러 톱날을 밀어
넣을 때 나무는 겨울밤 깊은 숲의 바람 소리를 낸다. 그
절반은 의자가 되고, 절반은 배를 젓는 노櫓가 된다. 머무는
사람에게는 의자가 필요하고, 떠나는 사람에게는 노가
필요하다. 머물기를 원하면서 끊임없이 다른 곳을 꿈꾸는 자,
그래서 온전히 머물지도, 온전히 떠나지도 못하는 자의
모습이 여기 있다.

나무가 여름내 펼쳤던 잎사귀들을 놓아주는 계절,
나무는 제자리에 남고, 마른 잎들이 인적 없는 거리를 미친 듯
질주하는 겨울 아침이다.

「계단」
2048x2048px, 디지털드로잉, 2022

아래층에 있는 작업실에 가려면 40개의 계단을 내려가야
한다. 처음 절반은 비교적 여유롭게 계단참을 두 번 돌아가는
나무 계단이고, 나머지 절반은 가파르게 아래를 항해 곧장
뻗어 있는 콘크리트 계단이다. 암벽에 직접 맞닿아 있는
작업실 쪽 계단은 전등을 켜도 어둡고 늘 서늘한 공기 속에
잠겨 있어서 매일 아침 계단을 내려갈 때 물속으로 걸어
들어가는 느낌이 든다. 오전 한나절을 보내고, 오후에 다시
작업실에 있다가 저녁 무렵에 올라온다. 계단을 경계로,
평범한 소시민의 일상과 미술 하는 사람의 은밀한 삶이
나뉜다. 한쪽에는 세상사에서 한발 물러선 은퇴자가 있고,
다른 한쪽에는 작업에 대한 열망과 실패에 대한 두려움에

쫓기는 미술가가 있다. 둘은 같은 사람이지만 하나가 될 수 없다.

집과 작업실 사이의 높이 차이는 약 8미터쯤 된다. 그 높이에서 수직으로 추락한다면 뼈가 부러지는 건 물론이고 간단히 사망에 이를 수도 있다. 그 높이의 절벽을 기어오르는 것 또한 매 순간 목숨을 건 도전일 것이다. 계단이 없다면 매일 아침 작업실 출근길은 치명적인 모험이 될 것이다. 그 절벽의 단차를 잘게 분할해놓은 계단 덕분에 나는 걸어서 작업실을 오르내린다. 그러나 계단을 내려가는 일은 언제든 돌이킬 수 없는 추락으로 이어질 수 있다는 것을 잊어서는 안 된다. 작업실로 가는 길에는 물리적인 추락을 넘어 예술적 추락의 위험이 널려 있다. 그럼에도 도약과 비상의 가능성 또한 여기에 있기에, 매일 빈손으로 돌아오는 노동을 멈추지 못하는 것이다.

「옷걸이」
3024×4032px, 디지털드로잉, 2024

낡은 옷걸이

　　그것들은 대개 구석에 서 있다. 웬만해선 자신을
드러내는 법이 없고, 누구도 그들을 주목하지 않는다. 어차피
옷을 걸면 보이지도 않으니, 그저 조용히 있는 듯 없는 듯
제자리에 서 있기만 하면 된다. 옷걸이가 없다면 벽에 못을
박아서 옷을 걸 수도 있고, 그마저 귀찮으면 문고리나 의자를
옷걸이 대용으로 쓸 수도 있다. 어수선하게 늘어놓고 사는 데
익숙한 사람이라면 벗은 옷들을 한구석에 대충 던져놓고
지낼 수도 있으니, 그것들은 사실 없어도 그만인 물건이다.

　　그런 옷걸이를 어쩌다 옷이 하나도 걸리지 않은 상태로
보게 될 때가 있다. 가구를 옮기거나 청소를 하다가 마주하는
그 벌거벗은 모습은 민망하다. 나무를 깎아서 이 물건을 만든

겨울의 시간

사람들도 나름 디자인이란 걸 한 것 같으나 투박하고
구태의연하기가 이를 데 없다. 아무리 시간이 흐른다 해도
그것이 앤티크나 빈티지 가구로 재평가될 일은 없을 것이다.
이 물건이 어떻게 아직도 거기 있었나. 조금 과장하면 오래전
연락이 끊긴 지인을 우연히 만났을 때와 비슷한 느낌이랄까.
그것은 옛 모습 그대로, 조금도 변하지 않았다. 옷걸이로서는
세상이 어떻게 변하든 한결같이 자신에게 주어진 일에
충실했다고, 시대에 뒤떨어지는 것은 자신의 탓이 아니고
모든 사물의 피할 수 없는 운명이라고 말하고 싶을 것이다.
그런 옷걸이 앞에서, 미안하게도 나는 무슨 구실을 찾아서든
그것을 내다 버리고, 세련된 디자인의 새 옷걸이를 들여놓고

싶은 충동을 느낀다. 물론 그럴 수 있다. 하지만 문제는, 그 새
옷걸이가 오랜 망각의 시간을 지나 언젠가 다시 내 눈앞에
벌거벗은 자신의 모습을 드러냈을 때, 지금 이 상황이
되풀이되지 않으리라는 보장이 없다는 것이다.

지울의 시간

3 두 번은
  없다

「아그네스 마틴을 생각하며」
20×30cm, 종이에 펜, 2021

검정색에 흰색을 더하면 회색이 된다. 그러나 실상은
그렇게 간단한 게 아니다. 둘의 혼합 비율에 따라 연회색에서
짙은 회색까지 수십 가지 회색이 있고, 검정 중에서도 어떤
검정을 어떤 흰색과 섞느냐에 따라 창백한 푸른빛을 띤
조약돌의 회색으로부터 희미한 갈색이 도는 산비둘기 깃털
같은 회색까지 수백 가지 다른 회색이 만들어질 수 있다.
그것들을 뭉뚱그려 '회색'이라고 부르는 것은 세상을 너무
쉽게 생각하는 것이다. 에스키모인들은 수십 가지 흰색의
차이를 구분한다고 했는데, 물감 회사들이 전문적인
화가들을 위해 생산하는 흰색과 검정색, 그리고 그들의
조합으로 이루어진 회색 물감들만 해도 간단히 수십 가지가

넘는다. 그 물감들을 눈대중으로 섞어서 완벽하게 똑같은 회색을 만드는 것은 모래밭에서 바늘 찾기처럼 어려운 일이고, 적어도 내 경험으로는 불가능에 가깝다. 온갖 색채가 무지개처럼 화려하게 펼쳐지는 색상표 마지막 페이지에 초대받지 못한 손님처럼 붙어 있는 이 무채색의 영역을, 단조롭고 건조한 우울한 모노톤의 영역이라고 말한다면, 그 사람은 회색의 다채로움에 대해 아무것도 모르는 것이다. 모든 색을 섞으면 검정이 되고 모든 빛을 섞으면 흰색이 되듯이, 회색 안에는 세상의 모든 색이 들어 있다.

오랜만에 그림을 그리면서 전에 썼던 회색을 다시 만드느라 물감을 섞다 보니 끝을 알 수 없는 안개 속을 헤매는 느낌이 든다. 문득 흑백논리라는 게 얼마나 끔찍한 것인지 생각해본다. 의사와 요리사들이 좋아하는 순결한 흰색과, 사제와 법률가들(물론 건축가나 예술가들도)이 선호하는 엄숙한 검정색 사이에는 세상 사람의 숫자만큼이나 많은 서로 다른 회색들이 있다. 예와 아니요, 이쪽 아니면 저쪽, 진실 또는 거짓, 둘 중 하나로 답할 수 없는 것들이 모두 여기에 있다. 그것은 세상에 대해 질문을 하는 사람이 피해 갈 수 없는 영역이다.

두 번은 없디

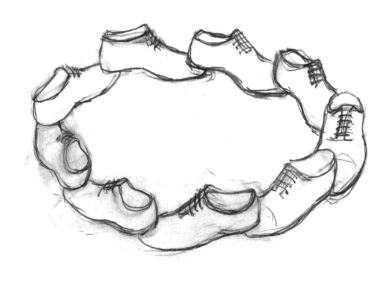

「2/3 사회 II」
20×30cm, 종이에 연필, 2021

문제는 항상 마지막에 일어난다. 영화에서 비운의 주인공들은 언제나 자신들의 마지막 시도에서 곤경에 처한다. 평생 은행 강도로 살았던 인물이 이번이 마지막이라며 이 일만 끝나면 이 바닥을 떠나 새로운 삶을 살겠다고 다짐할 때는 어김없이 사달이 나게 되어 있다. 그 '마지막 한 번'은 결코 간단히 끝나는 법이 없고, 주인공이 죽다 살아날 정도의 고초를 겪은 뒤에야 가까스로 끝이 난다. 우리는 그렇게 되리라는 것을 다 알고 있다. 마지막은 쉽지 않다, 쉬운 해피엔딩이란 없다.

영화에서만 그런 것이 아니다. 마지막으로 딱 한 잔만 더 하고 술을 끊겠다는 사람은 내일도 그 마지막 잔을 내려놓지

두 번은 없다

못한다. 흡연이나 도박 따위의 일들이 다 그렇다. '마지막 한 번'에는 또 다른 마지막 한 번이, 끝없이 이어지는 또 다른 마지막들의 달콤한 속삭임이 들어 있다.

몇 년 만에 전시회를 준비하다가 문득 이번이 마지막 전시일 수 있겠다는 생각이 들었다. 갤러리나 미술관들이 더 이상 내 전시를 원치 않게 될 수도 있고, 무엇보다도 나 자신이 더 이상 남 앞에 나서기가 싫어질 수도 있다. 삶에는 예행연습이 없다고, 두 번은 없다고 했던 어느 시인의 말처럼 전시에도 두 번은 없다. 그러니 전시는 언제나 마지막으로 은행을 터는 일처럼 장렬한 실패로 끝날 수 있다는 걸 받아들여야 한다. 은행 강도에게나 미술가에게나 마지막은

쉽지 않다는 것, 쉬운 해피엔딩이란 없다는 것을 새삼
되새기는 나날이다.

두 번은 없다

「세 개의 수평선」
2061×2084px, 디지털 드로잉, 2021

30년 선에 내 첫 개인전을 열어준 ㅅ화랑 대표는 전시를 마치고 독일로 돌아가는 나를 앉혀놓고 "안 선생은 한 10년쯤 더 고생해야 할 것 같다"고 했다. 위로 삼아 건넸을 그 말이 내게는 무거운 경고처럼 들렸다. 10년 뒤라고 나아지는 게 있으려나. 외투니 구두니 하는 평범한 물건들에 나로서는 진지한 질문들을 담아 미술작품이라고 내놓은 그 전시에서 액자에 넣은 드로잉 몇 점이 겨우 팔렸으니 화랑도 난감했을 터였다. 예상했던 결과였지만 주요 작품 몇 점을 화랑에 넘겨주는 것으로 비용을 정산하고 나니 작은 카탈로그 하나 빼고는 남는 게 없었다. 미술가로서 나의 존재를 세상에 알린 것으로 위안을 삼아야 했다.

나의 '고생'은 그 몇 년 뒤 학교에 자리를 얻으면서
비교적 짧게 끝났다. 화랑들과는 인연이 없었지만, 미술관
전시를 그럭저럭 계속해왔으니 운이 좋았던 편이라 할 수
있다. 퇴직을 하고, 이제 30년 만에 다시 '전업 작가'가 되어
전시회를 열면서 나는 다시 한 번 그 옛날의 구둣솔이니
망치니 하는 하찮은 물건들을 내놓아보기로 했다. 10년이
아니라 30년이 지났으니 그동안 뭐라도 나아지지 않았을까.
아니면 더 나빠졌을까. 이것은 단순한 상업적 성공과 실패의
문제가 아니다. 매혹적인 명품과 흥미로운 볼거리가 넘치는
이 세상에 보이지 않는 생각이 담겨 있는 보잘것없는
사물들이 들어설 자리가 남아 있느냐 아니냐의 문제다.

어떻든 간에, 10년 아니라 남은 인생 내내 '고생'을 하더라도 이제는 어쩔 수 없는 노릇이다.

두 번은 없다

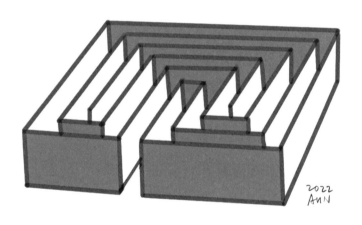

「트로이 미로」
2048×2048px, 디지털드로잉, 2022

　　모퉁이를 돌면 거기서부터는 다른 길이 시작된다. 그런
줄도 모르고 한참을 가다가 뒤늦게 낯선 길에 들어서 있음을
깨닫는다. 그래도 이제 와서 되돌아가기는 너무 늦었다는
생각이 들고, 그래서 웬만하면 가던 길을 그냥 가보기로 한다.
이 길의 끝까지 가다 보면 언젠가는 다시 아는 길을 만나게 될
거라고 믿는다. 물론 이것은 산에서 조난을 당하는 사람들이
흔히 하는 착각이다. 길들은 어디선가 반드시 끝나지만,
그것이 어디로 이어질지 알 수 없고, 그 전에 무엇을 만나게
될지도 알 수 없다. 들짐승이나 날강도를 만나 곤경에 처할
수도 있고, 가까스로 그 길을 벗어날 때쯤 또 다른 낯선 길이
시작될 수도 있다. 운명은 많은 우회로를 거치고 나서야

목적지에 도달한다고 누군가가 말했지만, 나는 어디서 끝날지 모르는 낯선 길들로 촘촘히 짜인 미로 속에서 이 길의 끝에 무엇이 있는지 알지 못한다.

그림을 그릴 때 내 모습이 바로 이렇다. 처음의 아이디어나 계획은 얼마 못 가서 시시한 것이 되고, 중간에 나타나는 샛길을 따라가다 길을 잃는 일이 몇 번이고 반복된다. 초지일관한 불굴의 의지로 목적지를 찾아가는 것은 나의 적성이 아닌 것 같다. 집으로 가는 길을 찾는 것이 아니라, 집이 아닌 곳으로 가는 길을 찾는 것, 헛수고와 낭패를 거듭하더라도 길을 잃는 것, 그리하여 내가 모르는 어떤 곳에 도착하는 것이 이 일의 목표일지 모른다고

스스로를 위로한다. 그러나 날이 저물고 있으니 이제는
어딘가에 자리를 잡아야 할 시간이라는 조바심이 들고, 저
앞의 지평선까지 막힘없이 이어지는 그런 길을 찾고 싶기도
하지만, 일이란 그렇게 되는 법이 없다. "그래, 이제 됐다"고
마음을 놓을 때쯤이면 길들은 휘어지고, 둘 중 하나를
선택해야 하는 갈림길이 되고, 그중 하나는 막다른 골목이
되는 것이다.

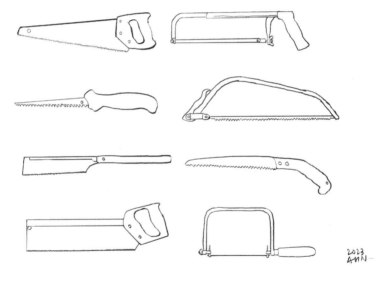

2023
AHN

「톱」
2657x1714px, 디지털드로잉, 2023

톱
밥

나무를 커서 책상을 만들려면 톱을 써야 한다. 톱은 이
일을 공짜로 해주지 않는다. 목재를 자르는 동안 톱날
두께만큼의 톱밥을 제 몫으로 가져가는 것이다. 대패가
깎아낸 나무 부스러기를 대팻밥이라 하듯이 톱의 몫으로
떼어주는 밥이라 하여 톱밥이라는 이름이 붙었을까. 책상이
아니었던 것을 책상으로 만들어주는 대가로 톱은 나무도
아니고 책상도 아닌 제3의 존재, 불쏘시개 외에는 더 이상
아무것도 될 수 없는, 형태 없는 존재를 만든다. 나무의 한
부분이 이처럼 돌이킬 수 없이 톱밥으로 변하는 과정 없이는
책상도 있을 수 없다.

　　나무만 그런 것이 아니다. 우리도 뭔가가 되기 위해 우리

자신에게서 끊임없이 뭔가를 버려왔던 것이다. 어른이 되기 위해서, 인정받는 예술가가 되기 위해서, 나의 일부를 내게서 떼어내 무언가의 '톱밥'으로 내주었던 것이다. 어제와 다른 나, 어제보다 나은 나를 향해 변화하는 삶을 원하면, 이처럼 뭔가를 덜어내는 과정이 있을 수밖에 없다. 나의 일부를 떼어주지 않고서 지금의 나 아닌 다른 내가 되기를 바랄 수는 없다. 세상 이치가 그렇다. 내가 원하는 변화가 크고 절실할수록 내게 그만큼 더 소중한 것들을 내주어야 한다. 그런데 이제, 어제보다 나은 내일을 위해 삶을 탕진해온 내게 아직도 내어줄 뭔가가 남아 있을까, 그것이 문제이다.

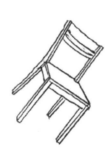
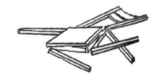

2023 AHN 의자의 추락

「의자의 추락」
1365×694px, 디지털드로잉, 2023

　　교직에 있다가 은퇴한 사람이 겪게 되는 가장 큰 변화는
말을 할 일이 급격히 줄어드는 것이다. 강의를 하고 토론을
이끌고 면담을 하면서 보내던 시간에, 더 이상 한마디도 말을
할 필요가 없다는 해방감이 어느 정도 지나고 나면, 자신이
결국 침묵과 독백밖에는 아무것도 없는 일종의 유배지에
도착했다는 것을 문득 깨닫는 순간이 온다. 은퇴 후에도
열정적으로 사회 활동을 이어가는 소수의 예외를 제외하면
대개는 혼잣말과 묵언 수행에 익숙해지지만, 어쩌다 지인들
모임에 나가면 지나치게 말이 많아지고, 동창들 단톡방에
들어가 쓸데없는 논쟁을 벌이고, 뜬금없이 불교 경전이나
명상록 같은 고전 인용문을 올려서 사람을 당혹스럽게

만드는 데 재미를 붙이는 이들이 왕왕 있다.

　양상은 각기 달라도 그 바탕에는 그들이 느끼는 공통된 박탈감이 있다. '명예교수'라는 타이틀에도 불구하고, 아니, 특별히 명예롭다고 할 수 없는 바로 그 직함 때문에 더욱더, 자기 말을 들어줄 대상이 없어졌다는 사실, 남에게 말을 하던 사람이 이제 남의 말을 들어야 하는 처지가 되었다는 사실을 받아들이기 어려운 것이다. 이제부터 완전히 새로운 인생을 시작하겠다고 호기로운 결의를 다져보아도 수십 년 살아온 관성을 이기기가 쉽지 않다. 그러니, 나 같은 처지에 있는 이들은 아무쪼록 버스를 타든 길을 걷든, 혹시라도 자신도 모르는 사이에 혼잣말을 중얼거리고 있지 않은지 수시로 돌아볼 필요가 있다.

두 번은 없디

2023 AHN

「숲으로 가지 못한 새」
2681×2298px, 디지털드로잉, 2023

　믿어지지 않지만 올해로 미술대학에 입학한 지 50년이
되었다. 부지런한 동기생 몇몇이 주선한 모임에 20여 명이
나왔다. 대부분 몇십 년 만에 보는 얼굴들, 길에서 만나면 못
알아볼 만큼 달라졌는데 이상하게도 옛 모습들이 고스란히
남아 있었다. 덕분에 졸업 이후로 소식이 끊긴 친구들의
근황을 듣고, 아득하기만 한 그 시절의 기억들을
되새겨보게도 되었다. 가을에는 전시장을 하나 빌려서 다
같이 기념전시회를 열기로 했는데, 막상 전시회 얘기가
시작되자 의견들이 분분했다. 미술을 계속해온 사람도
있지만 전혀 다른 일을 해온 이들도 적지 않아서, 불필요한
혼선을 피하려면 전시의 목적을 명확히 하는 일종의 취지문

　　　　　　　　　　두 번은 없다

같은 것이 필요하다는 얘기가 나왔고, 어쩌다 보니 그 일을 내가 떠맡고 말았다.

결국 각자 자신의 지난 50년을 돌아보는 작품 하나씩을, 그림이든 글이든, 아니면 또 다른 무엇이든 간에 자유롭게 들고 나오는 작은 축제를 만들자는 글을 썼는데, 뭔가가 결정적으로 빠진 느낌이었다. 고심 끝에 폴란드 시인 쉼보르스카의 시 한 편*을 덧붙이게 되었다.

"두 번은 없다. 지금도 그렇고 앞으로도 그럴 것이다. (……) 우리가 세상이란 이름의 학교에서 가장 바보 같은 학생일지라도 여름에도 겨울에도 낙제란 없는 법. (……)"

풋풋했던 우리의 20대도, 우리의 입학 50주년도

재수강이란 없다. 그러니 최선을 다해서 지금 이 순간을 온몸으로 맞이하자, '우리가 아무리 서로 다를지라도' 서로의 차이 속에서 '일치점을 찾아보자', 나는 그 말을 하고 싶었던 것이다.

* · 비스와바 쉼보르스카, 「두 번은 없다」, 『끝과 시작』, 최성은 옮김, 문학과지성사, 2016.

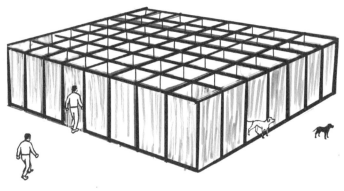

2023 AHN

「변신」
2732×2048px, 디지털드로잉, 2023

명예
교수

20여 년 몸담았던 학교를 떠나는 내게 후배 교수들은
명예교수라는 직함을 붙여주었다. 소속 교수 전원이 추천에
동의한다는 서명을 하고 학교 본부의 인사위원회를 거쳐
총장 결재를 받는 나름 까다로운 절차와 요건이 있어서,
다수의 동의를 얻지 못하거나 재직 중 '명예'롭지 않은 흠결이
있었던 탓에 심사에서 탈락해 남몰래 마음 상하는 이들도
있다. 고맙긴 하지만, 내가 과연 그 명칭을 쓸 일이 있겠나
싶었다. 퇴직한 뒤에는 세상에서 한발 물러나 온전히 나
자신의 삶을 살기로 다짐해온 터에 굳이 직함을 밝힐 일이
있다면 '미술가' 정도로도 적당하고 충분할 것이다. 그런데
어쩌다 미술관 자문회의 같은 자리에 나갔을 때 내가 무심코

이 명칭을 쓰고 있다는 걸 알게 되었다. 더 이상 어디에도 속하지 않는 사람의 자격지심일까, 이름 앞에 소속과 직위를 적어넣는 칸을 공란으로 비워두기가 왠지 불편했던 것이다.

사실 그 명칭은 '명예로운' 교수라는 뜻이라기보다는 '실제로는 교수가 아니지만 명의상 교수라고 불러줄 수 있는 사람'이라는 뜻이다. 명예시민, 명예박사학위 등등이 다 그렇듯 그것은 실체를 가리키는 것이 아닌 허울뿐인 이름이다. 오히려 그 당사자가 박사가 아니고 시민이 아니며 교수가 아님을 확인하게 하는 명칭이다. 그런데 어째서 나는 그 이름을 쓰고 있었을까. 명예롭기를 원한다면 먼저 나 스스로가 명예로운 사람이 되어야 할 것이다. 남들에게 스스로 자신을 명예로운 사람이라고 내세우는 것은 결코 명예로운 일이 아니다. '명예'라는 말을 '명의상'이라는 뜻으로 평가절하하는 이 말을 사용함으로써, 그렇지 않아도 명예가 없고, 부끄러움을 모르는 이 세상에서 명예라는 말에 그나마 남아 있을 명예를 훼손하는 일은 그만둬야겠다. 이제부터는 직함을 적어넣는 칸에 그냥 '미술인'이라고 쓰거나, 아예 공란으로 비워두기로 한다. 물론 더 나은 것은 더 이상 나의 직함을 묻는 그런 자리에 나서지 않는 것이다.

두 번은 없다

「느티나무와 새」
3024×4032px, 디지털드로잉, 2023

　　담장을 넘어온 옆집 느티나무 가지를 쳐냈다. 여름마다
뒷마당에 시원한 그늘을 만들어주기는 했지만,
그 아래에서는 우리가 심은 키 작은 나무들도,
텃밭의 토마토도 제대로 자라지를 못했다.
무엇보다도 가을마다 1톤 트럭을 채우고도 남을 분량으로
쏟아지는 낙엽이 무슨 작당이라도 한 것처럼 지붕의 물받이
홈통과 배수구를 틀어막는 바람에, 비만 오면 빗물이
지붕에서 마당으로 폭포수처럼 쏟아지는 꼴을 보아야 했다.
옆집의 양해를 구하고 동네에서 정원 일을 하는 이들을 불러
한나절 동안 전쟁 같은 전지 작업을 하고 나니 마당은 잘린
나뭇가지와 잎사귀들로 발 디딜 틈이 없었다. 해 떨어지기

전에 굵은 가지들을 한쪽에 끌어다 쌓고 잔가지와 잎사귀를 비닐봉지에 서둘러 쓸어 담다가, 오늘 밤 이 많은 가지를 한꺼번에 잃은 나무의 심정이 어떨까 잠시 생각해보았다.

나무에게 가지를 뻗어내는 것보다 중요한 일은 없을 것이다. 지하의 캄캄한 어둠 속에서 뿌리가 양분을 찾아 끊임없이 전진하는 동안, 가지는 한 뼘의 햇빛도 놓치지 않겠다는 기세로 계속 새로운 대안을 찾아 나선다. 언제 어디서 새로운 가지를 시작할지, 분기分岐의 위치와 시기를 정하고 실행하는 것이 나무의 일이다. 그런 나무에게 하루하루는 어제와 결별하는 나날이다.

나는 나무가 아니지만, 내가 하는 일이 나무의 일과

다르지 않다고 생각한다. 나의 미술 작업 역시 익숙한 오늘과 헤어지는 일, 아는 길을 벗어나 한 번도 가본 적 없는 낯선 길로 접어드는 일이다. 그렇게 제각기 다른 방향을 향하며 때로는 성공하고 때로는 실패하는 무수한 가지들이 모여서 한 그루 느티나무가 되듯이, 나의 작업도 온전한 하나의 세계가 되기를 바라는 것이다. 다시 한 해를 지나 보내는 12월은 내가 지금 어떤 분기점에 와 있는지, 익숙한 그 무엇과 결별하고 어디를 향해 새로운 가지를 내놓을지 생각하는 시간이다.

「12개의 직선」
2048 × 2048px, 디지털드로잉, 2024

　　도구를 사용하지 않고 직선을 긋기는 쉽지 않다.
괜찮겠다 싶다가도 아차 하는 순간 비뚤어지고, 잘된 것
같아도 자세히 들여다보면 여기저기 어긋나 있기 십상이다.
우리의 손에서 어깨에 이르는 몸의 구조가 직선을 그리는 데
적합하도록 설계되지 않았기 때문이다. 천둥벌거숭이로
원숭이들과 숲속을 뛰어다니던 인간이 이런 일까지 하게
되리라는 걸 그 옛날에 누가 상상이나 했겠는가. 미술대학
같은 곳에서 전문적인 훈련을 받았어도 선 하나 똑바로 그을
줄 모르는 나 같은 사람이 태반이다.

　　비전문가들이 맨손으로 직선을 긋는 방법에는 두 가지가
있다. 하나는 아주 느린 속도로 붓을 움직이는 방법이다. 점의

연속이 선이 된다는 생각으로, 시작하는 점에서 끝나는 점 사이를 무수한 작은 점들로 채워가는 것이다. 인내심이 필요하나 성공할 확률이 높은 편이다. 반대로 선 긋는 속도를 아주 빠르게 하는 방법이 있다. 시작점과 끝점 사이를 잇는 최단거리가 바로 직선이라는 생각으로, 선 긋기를 시작하자마자 단숨에 끝까지 전력 질주하는 것이다. 내가 직선을 그으려 한다는 사실을 내 몸이 알고 방해하려 들기 전에 동작을 끝냄으로써, 또는 내게 몸이 있다는 사실 자체를 잠깐 잊음으로써 제법 그럴듯한 직선을 그려낼 수 있다.

물론 제3의 길도 있다. 내가 기계가 아닌 이상 맨손으로 긋는 선이 구불구불할 수밖에 없다는 것을 인정하고,

의지대로 움직여주지 않는 내 몸을 교정하거나 배제해야 할 훼방꾼이 아니라 운명의 일부로 받아들이는 것이다.

그럼으로써 나라는 이름의 작은 세계에서나마 대립과 갈등이 아닌 화해와 관용의 정신을 실천해볼 수 있다. 여기서 한발 더 나아가서 이 삐뚤삐뚤한 선들 모두가 직선이라고 주장할 수도 있다. 자를 대고 그은 직선만이 유일한 직선이라는 고정관념에 이의를 제기하고, 직선과 직선 아닌 것을 누가 판정하느냐는 질문을 함으로써 이 문제를 정치적인 차원으로 가져갈 수도 있다. 선 하나를 긋는 일에 이 많은 의미가 있을 수 있다는 것은 받아들이기 쉽지 않지만, 결코 과장이 아니다. 나의 삶은 세계와 나 사이에서 내가 어떤 선을 긋느냐에 달려 있다.

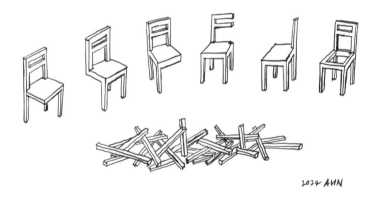

2024 AHN

「구경꾼들」
2360×1640px, 디지털드로잉, 2024

　　젊은 미술가들의 전시에 대해 글을 써달라는 부탁을
받았다. 여러 해 전에 내가 쓴 글 한 편을 출발점으로 삼아 이
전시를 만들었기 때문에 도록에 내 논평을 싣고 싶다는
것이다. 그 글은 '왜 우리의 일들은 목표에 이르지 못하고
공회전하는지, 기대했던 미래는 오지 않고 우리는 번번이
원점으로 되돌아가는지'를 스스로에게 묻는 일종의
한탄이었는데, 이제 막 미술을 시작한 젊은이들에게 무슨
말을 덧붙일 수 있을지 한참을 망설이게 되었다. 베케트의
말처럼, "다시 실패하라. 더 낫게 실패하라"는 것밖에 언뜻
떠오르는 말이 없었다. 결국 근래에 읽은 시 한 구절을
인용하는 글을 쓰게 되었다. 파울 첼란의

「그대도 말하라」,*라는 시에서 "마지막 사람으로, 그대의 말을 하라. 그러나 그 말에서 예와 아니오를 가르지 말라. 그 말에 방향을 주어라, 그림자를 주어라"라는 문장이다. "그림자를 말하는 사람이 진실을 말하는 사람"이라는 마지막 구절이 뼈아프게 다가왔다. 나의 젊은 날은 남들처럼 예와 아니오를 가르느라 다 지나가버렸다. 나의 말에 그림자를 준다는 생각은 해볼 겨를이 없었다. 시대 때문이었다고 변명은 할 수 있을 것이다. 그러나 이제라도 내가 시인의 말을 실천해볼 수 있을까. 그러기에는 너무 늦었을까. 후배들을 위해 쓰는 글은 결국 나 자신을 향한 독백이 되었다.

* · Paul Celan, 「Sprich auch Du」, 『Von Schwelle zu Schwelle』, 1955.

두 번은 없다

2024 AHN

「검은 사각형에서의 탈주」
21x15cm, 디지털드로잉, 2024

　뒤늦게 유화를 그리기 시작하면서 검정색에도 여러 가지가 있다는 것을 배운다. 아이보리블랙은 원래 코끼리 상아를 태워서 얻은 안료로, 요즘은 상아 대신 동물 뼈를 태워서 만든다. 마스블랙은 철을 산화시켜 만들고 카본블랙은 석탄이나 천연가스를 불완전연소시켜 만드는 산업용 안료이다. 이들을 따로 사용할 때는 똑같은 검정색이지만, 나란히 옆에 칠해보면 미세한 차이가 나타난다. 따뜻하고 부드러운 검정이 있고 차갑고 딱딱한 검정이 있다.

　검정색은 원래 밤하늘의 색, 연기가 되어 사라지는 것 사이에서 끝내 사라지지 않고 남는 것의 색, 빛에 반응하지

않는 블랙홀의 색이다. 다른 이름이 없어서 색이라고
부르지만 색이 아니라 공空이다. 예술가들이 교복처럼 입는
옷 색깔이면서, 개인을 제거하고 집단을 만드는 제복의
색깔이고 권위와 권력의 색깔이다. 무지개와 꽃을 비웃는
영원의 색, 침묵과 금욕의 색, 꽃을 피웠다가 가차 없이
거두어 가는 우주의 색이다. 우리가 아는 모든 색이 시작되는
색채의 고향이고, 그들이 돌아가는 종착지이다.

    화가들은 빨강, 노랑, 파랑을 섞어서 검정을 만들 수
있으나, 검정으로부터는 그 색들 중 어떤 것도 만들 수 없다.
어둠을 헤치고 새벽하늘을 물들이는 여명의 분홍색은 그러면
어디서 오는가. 무엇이 이 차갑고 검은 우주 속에서 그 많은

색들을 우리 앞에 펼쳐내는가. 이것이 기적이 아니면

무엇인가.

4 아무 일
없다

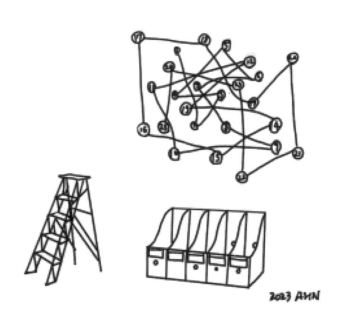

2023 AHN

「기록보관소」
2048×2048px, 디지털 드로잉, 2024

이명

　　나이 든 이들에게 흔한 병이라고 하지만 이명은 간단한
문제가 아니다. 인생에서 완전한 정적의 순간들, 눈 내리는
겨울밤의 고요함을 돌이킬 수 없이 잃는 것이기 때문이다.
잠을 자려고 눕거나, 하던 일을 잠시 멈출 때면 기다렸다는
듯이 '삐―' 하는 소음이 들려온다. 심하면 비행기나 탱크의
굉음이 들린다는데 아직 그 정도가 아닌 걸 다행으로 여겨야
할지.

　　명색이 조각을 하는 사람이니 금속이나 나무를 기계로
자르거나 갈아낼 때 생기는 소음을 웬만하면 견뎌야 하는 줄
알았다. 작업을 마친 뒤에는 으레 그 날카로운 기계음이
오랫동안 귓가에 남곤 했다. 이명은 아마 그런 소리들이 남긴

미세한 상처가 오래 축적된 결과일 것이다. 책을 읽느라고 눈을 혹사한 죄로 안경 없이는 글을 읽을 수 없게 된 것처럼, 청각을 혹사했던 벌을 받는 모양이다. 언제까지나 마음대로 부려도 되는 심부름꾼들인 줄 알았는데, 이제는 여기저기서 청구서가 들어온다. 그동안 할 만큼 했으니 자신들의 지분을 내놓으라 한다. 눈이 나빠지면 안경을 쓰고 이가 빠지면 임플란트를 할 수 있지만, 귀에서 소리가 나는 데는 뾰족한 수가 없다. 이명이 비집고 들어올 틈이 없도록 진종일 음악을 틀어놓고 지내거나, 아니면 뭔가에 골똘히 집중하면서 잠시 잊고 있을 수는 있다. 그러나 그 소리를 완전히 없앨 수는 없다. 소리는 밖이 아니라 내 안에서 나는 것이고, 원래 소리가 아닌 것이 나에게만 소리로 들리는 것이기 때문이다.

그러니 이제는 그 소리와 함께 사는 법을 배워야 할지 모른다. 그 소리가 내 귓속에 이처럼 집요하게 속삭이고 있는 이야기가 무엇인지 인내심을 가지고 들어보는 것이다. 그러다 보면 언젠가는 거기서 깊은 숲속의 나뭇잎을 스쳐 가는 바람 소리를 듣고, 지구 반대편 어느 낯선 바닷가에 끝없이 밀려오는 파도 소리를 들을 수 있을지 모른다.

아무 일 없다

「수레」
4068×4068px, 디지털드로잉, 2022

계
약

몸은 내 말을 잘 듣는 척한다. 가자고 하면 가고
기다리라고 하면 기다려준다. 웬만한 건 참고 견딜 줄도 알고,
언제나 내 마음대로 부릴 수 있는 싹싹한 심부름꾼처럼 군다.
그래서 나는 그것을 의자나 자전거 같은 소유물처럼 다룰 수
있다고 생각한다. 그러나 실상은 전혀 그렇지 않다. 우리는
그런 사이가 아니다. 말하자면 몸과 나는 서로에게 필요한
것을 주고받는 거래의 상대, 계약의 당사자들인 것이다. 몸이
원하는 것을 해주어야 그 대가로 내가 원하는 것을 얻을 수
있다. 그러지 않으면 몸은 내가 원하는 것이 아니라 자기가
하고 싶은 일을 한다. 밤잠을 제대로 못 잔 다음 날 몸은
나에게 피곤한 하루를 고스란히 돌려줌으로써 자신의 존재를

아무 일 없다

드러낸다. 과음의 대가는 이튿날의 숙취와 후회로, 오랫동안 몸을 돌보지 않은 대가는 고통스러운 질병으로 돌아온다. 몸은 내게서 자기가 원하는 것을 가차 없이 받아 가고, 원치 않는 일을 강요당한 데 대해서는 반드시 청구서를 보내온다.

문제는 자신이 받으려는 빚을 그때그때 받아 가는 것이 아니라, 장부에 적어두었다가 어느 날 갑자기 한꺼번에 들이민다는 데 있다. 하루하루 빚을 지고 있는지조차 까맣게 모르고 있던 이에게 계산서가 날아들 때는 이미 늦은 것이다. 몸을 내 것이라고 믿고 주인 행세를 하며 살아온 것이 착각이었고, 내가 몸에 얹혀서 살아온 것이 공짜가 아니었음을 알게 되었을 때에는 이미 빚쟁이들이 문밖에

줄을 서 있다. 그때 가서 그런 계약이 있는 줄 몰랐다고, 나는
계약서에 서명한 적이 없다고 해봐야 아무 소용이 없는
것이다.

아무 일 없디

2023 AHN

「펠릭스의 베개」
2732×2748px, 디지털드로잉, 2023

어머니는 늘 잠을 자다 돌아가는 게 소원이라 하셨다. 그날은 마침 휴일이었는데 몸이 좀 안 좋다고 전화를 하셨다. 상태가 예사롭지 않아 구급차를 불렀다. 의식은 또렷했지만 예감이 좋지 않았다. 응급실에서 수액주사를 놓고 몇 가지 검사를 하는 동안, 나를 그냥 놔두지 않고 왜 여기까지 데려왔느냐고 나무라셨다. 그러다가 조용히 잠이 드셨고, 두 시간 뒤에 당직 의사는 심정지 판정을 내렸다. 나는 다시는 깨어날 수 없는 잠에 빠져드는 어머니의 모습을 곁에서 지켜보았다. 죽음을 영면이라고 부르는 것은 은유가 아니었다.

잠이 오지 않을 때면 전 세계의 아기들부터 노인들까지

아무 일 없다

60억 인간이 지구가 한 바퀴 돌 때마다 한 번씩은 잠을 잔다는 걸 생각한다. 가난뱅이도, 백만장자도, 잔혹한 범죄자도, 생사를 가르는 전투를 앞둔 군인도 예외가 아니다. 60억 영혼이 차례차례 어딘가에 몸을 눕히고 눈을 붙이고 의식을 내려놓은 채 타인은 절대 들어갈 수 없는 세계로 걸어 들어간다. 그때 우리는 모두 갓 태어난 아기의 모습이다. 아무도 해치지 않고 아무도 증오하지 않는다. 세상에서 가장 추악한 자들조차 인생의 3분의 1의 시간을 그렇게 보낸다.

잠은 매일 작은 용량으로 복용하는 죽음이다. 인정머리라고는 눈곱만치도 없는 삶의 손아귀에서 풀려나는

달콤한 마법의 외출이다. 수면제 과다 복용이 전통적인
자살법이듯, 잠은 삶과 죽음 사이를 잇는 가장 가까운 통로다.
매일 밤 우리는 이 작은 죽음의 품에 안겨서 얼룩진 낮의
악몽을 씻어내고 하얗게 빛나는 이마를 들어 새날을
맞이한다. 기적이 따로 없다.

아무 일 없다

「포도밭」
2732×2048px, 디지털드로잉, 2023

술을 끊은 지 5년이 되었다. 저녁에 집에서 혼자 한두 잔씩 하던 것이 조금씩 늘더니 어느새 하루 반병을 훌쩍 넘기고 있었다. 밖에 나갔다 올 때면 집에 남은 술이 없을까 싶어 동네 슈퍼에서 한두 병씩 사 들고 들어오기에 이르렀으니, 알코올중독이 따로 없었다. 하루의 노고에 대한 당연한 보상처럼, 해 떨어져서 잠들 때까지 대여섯 시간 동안 일정 농도의 혈중알코올을 필요로 한다는 것은 분명 정상이 아니었다. 이대로 가다가는 조만간 무슨 사달이 나더라도 이상할 게 없었다. 선배 조각가들을 비롯해 수많은 주변 인물들이 술 때문에 허망하게 무너지는 걸 보아온 내가 이제 막 그 길로 들어선 셈이었다.

그날은 내 앞에 어제 마시던 와인 반병이 놓여 있었고, 며칠 전에 들여놓은 몇 병이 더 있었다. 한 잔을 따라놓고 잠깐 그 매혹적인 검붉은 액체를 들여다보다가 문득 술을 끊는 것이 실은 간단한 일이라는 생각이 들었다. 세상의 모든 술을 끊어야 하는 것이 아니라, 바로 내 앞에 있는 이 한 잔만 끊으면 되는 일이다. 이 잔을 그대로 놔둘 수만 있다면 그 뒤로 이어지는 모든 술을 끊는 것이다. 적어도 이론상으로는 그렇다.

그렇게 나는 그날 저녁으로 술을 끊었다. '독한 인간'이란 소리를 종종 들었지만 이제는 술자리에서 뻔뻔스럽게 맹물만 마시고 앉아 있어도 아무렇지 않다. 다만 좋아하던 것들을 이렇게 하나씩 내려놓다 보면 맨 나중에는 무엇이 남을까 궁금할 때가 있을 뿐이다.

「찻잔」
4032×3024px, 디지털드로잉, 2022

아
무
일
없
다

　매일 저녁 9시 뉴스가 시작되기 전에 어머니와 통화를
했다. 별일 없다, 괜찮다, 이제 뉴스만 보고 잘 거라는 말씀과
아무 일 없느냐는 물음과 아무 일 없어야 한다는 당부를 듣고,
편히 주무시라는 인사를 드리는 것으로, 늘 똑같이 이어지던
대화는 이제 더 이상 없다. 전화와 유선 티비를 해지하고
매트리스와 몇 안 되는 가구에 폐기물 딱지를 붙여 처리하고
빈집을 청소하고 서류 몇 가지를 정리하고 나면, 어머니가
아끼던 그릇 몇 개, 사진 몇 장, 우리들의 바래어가는 기억
외에는 아무것도 남지 않는다.
　내가 전화하는 걸 깜빡 잊는 날이면 어머니가 전화를
하셨다. 집 전화로 걸려 오는 전화는 보이스피싱 아니면

어머니 전화뿐이었다. 삼우제를 마치고 조문객들에게 감사 메시지를 보내며 한숨 돌리는 일요일 늦은 오후, 느닷없이 울리는 전화벨 소리에 가슴이 철렁한다. 늘 듣던 벨 소리. 저 전화를 받으면 "별일 없어, 나 괜찮아, 아무 일 없어"라는 목소리를 들을 수 있을까, 그럴 리가 없는데도 터무니없는 생각이 가슴을 찌른다. 잘못 걸린 전화. 아내가 금세 눈치를 채고 말없이 벨 소리를 바꾼다.

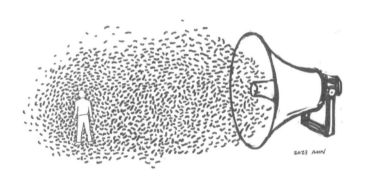

「확성기」
2732×2048px, 디지털드로잉, 2023

떨림에 대하여

　　며칠 동안 굴착기 소음에 시달렸다. 우리 집 발코니에서
내려다보이는 길모퉁이 집이 헐린 뒤 한동안 비어 있던
땅에서 공사를 시작한 모양이었다. 암반을 깎아내는
기계음과 진동은 귀를 막고 있어도 피부를 뚫고 들어와
사람의 영혼까지 뒤흔들었다. 온종일 신경이 곤두서 있다가
오후 네 시쯤 소음이 뚝 그치면 저절로 고맙다는 인사가
튀어나올 지경이었다.

　　소리보다 견디기 힘든 건 진동이었다. 나를 둘러싼
공기와 벽과 내가 발 딛고 있는 바닥을 통해 몸으로 전해지는
떨림은 도저히 피할 길이 없었다. 떨림은 나와 외부세계
사이의 경계에서 일어나는 불가피한 충돌의 결과다. 내

　　　　　　　　아무 일 없다

의지로는 멈출 수 없는 현상이다. 그러나 그것이 언제나 이처럼 불쾌하고 고통스럽기만 한 것은 아니다. 음악을 듣거나 글을 읽을 때, 마음속에서 소용돌이치는 감동 역시 떨림이다. 떨리는 손, 떨리는 목소리, 흔들리는 눈동자, 이것들은 모두 내가 살아 있다는 증거다. 어린 시절 흔한 싸움이 시작될 때의 떨림, 어른들 몰래 짓궂은 장난을 칠 때의 떨림, 첫사랑 앞에서의 떨림, 예측할 수 없는 결과를 기다리는 동안의 떨림, 사람들 앞에 혼자 나설 때의 떨림, 그것들 대부분은 이제 아련한 과거의 일이 되었다.

세계와 나 사이의 긴장이 떨림을 만든다면 나이 들면서 줄어드는 떨림이 좋기만 한 일이 아니다. 흔들리지 않는 돌덩이 같은 느긋함과 침착함을 얻은 대신, 무감각과 무관심이 뿌리를 내리는 증거이기도 하기 때문이다. 새해에 다시 떨림과 설렘이 가득한 한 해가 되기를 바란다면 그것은 축복일까, 무모한 객기일까.

아무 일 없다

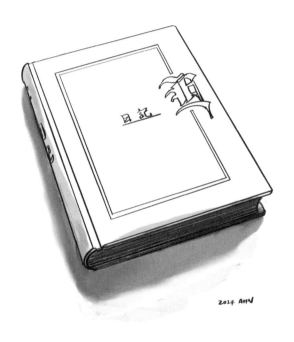

「아버지의 일기」
3024×3024px, 디지털드로잉, 2024

허
행

동생이 보관하고 있던 아버지의 일기를 어제
건네받았다. 연녹색 하드커버에 금박으로 표지가 장식된
일기장이다. 아들 둘을 군대에 보내고 지병으로 병원을
오가던 쓸쓸한 나날을 담담하게 기록한 짧은 글들이다.
마음이 무거워서 조금씩 읽다가 덮어놓고 다시 펼쳐서
읽기를 반복해야 했다. 가을로 접어들면서 건너뛰는 날들이
많아졌고, 반듯했던 글씨는 점점 무너져내렸다. 돌아가시기
사흘 전 "어젯밤에는 아내가 잠을 이루지 못하였다"고 한
것이 마지막 문장이었다.

글 속에 '허행虛行'이라는 말이 여러 번 나왔다. 관청에
서류를 떼러 갔다가, 수소문 끝에 찾아낸 아들의 부대로

면회를 갔다가, 병원에 가서 오래 기다렸다가 헛걸음을 했다는 이야기 들이다. 허행이라는 낯선 단어가, 하려는 일이 어긋나고 기약 없는 기다림이 이어지던 당신의 고단한 일상을 말해주고 있었다. 낙담하여 돌아서면서 씁쓸하게 그 말을 떠올렸을 모습이 눈에 선하다.

그래도 당신의 삶은 허행이 아니었다는 말을 전하고 싶다. 당신이 떠난 뒤에 나는 홀로 서야 했고 세상이 어떤 곳인지 배워야 했다. 그 상실과 좌절이 나를 키웠고, 그렇게 당신을 닮아가는 나의 삶이 시작되었다.

日記

「비행기」
2048×2048px, 디지털드로잉, 2024

왼발과 오른발

의사가 매일 30분씩이라도 산책을 하라고 한다. 물론 쉽지 않다. 할 일이 많아서, 너무 더워서, 비가 올 것 같아서 등등 산책을 건너뛸 이유는 얼마든지 있다.

걷기 위해서는 두 발이 필요하다. 왼발이 바닥에서 들어올려져 허공을 가르며 날아가서 착지점에 이를 때까지, 오른발은 디딤발로서 온몸의 무게를 지탱하며 제자리를 굳건히 지키고 균형을 잡아야 한다. 암벽등반에서도 그렇고, 전투에서도 그렇다. 한쪽이 위험을 무릅쓰고 불확실한 목표를 향해 전진하는 동안 남은 한쪽은 제자리에 멈춰서 전진하는 동료를 엄호하고 상황을 지휘하는 역할을 맡는다. 한쪽이 미래를 향할 때 다른 한쪽은 현재를 지탱해야 한다.

아무 일 없다

각자의 역할을 제대로 해내지 못하면 앞으로 나아갈 수 없다.

제자리에 멈춰 있을 때는 이런 분업이 필요 없다. 그러나 앞으로 나아가려는 사람은, 그림을 그리든 글을 쓰든, 불확실한 미래로 발을 내딛는 사람은 스스로에게 물어야 한다. 이 일을 할 때 나의 왼발은 무엇이고 오른발은 무엇인가. 나는 어디에 발을 딛고 어디를 향해 발을 내딛는가. 이것이 실패의 위험을 감수할 만한 전진인가. 이 모험을 감당할 만큼 내가 단단히 땅을 딛고 서 있는가. 제자리걸음을 하거나 멈춰 서 있거나 뒷걸음질 치거나 이미 넘어져 있으면서, 그 사실을 자기 자신만 모르는 불행한 결말을 피하기 위해서라도 이런 질문을 해야 한다.

5 짧은 만남,
  긴 이별

「우산」
1570x1838px, 디지털드로잉, 2024

우리 주위의 물건들은 적어도 두 가지의 상이한 기능을 가지고 있다. 하나는 그것을 통해 우리가 세계에 개입하는 도구로서의 기능이고, 다른 하나는 세계를 읽는 텍스트로서의 기능이다. 예를 들어 우산은 비가 내리는 세상을 비에 젖지 않고 건너갈 수 있도록 해주는 도구인 동시에, 우산 디자이너의 생각과 그것을 사용하는 인간의 존재 조건을 읽을 수 있도록 해주는 텍스트이다. 그것은 일종의 책처럼 우리가 마음만 먹으면 읽을 수 있는 수많은 정보를 담은 창고라 할 수 있다.

도구로서 사물의 기능이 인간에게 부과되는 외부 세계의 조건과 한계를 넘어서 세계를 우리의 의지대로

변형시키는 현실적인 목적에 종사한다면, 그것의
텍스트로서의 기능은 이렇게 조건 지어진 우리의 존재
양상을 돌이켜보는 사유에 종사한다. 전자가 '어떻게'라는
질문의 결과라면, 후자는 '왜' 또는 '무엇을 위하여'라는
질문의 원인이다. 후자의 질문은 비를 피할 수 있는 방법을
가져다주지는 않는다. 그것은 왜 우리는 비를 피해야 하는
존재인가를 묻고, 우리가 누구인가를 질문하게 만든다.

　　방법론적인 사유가 지배하는 오늘날의 세상에서 사물을
이처럼 텍스트로 읽고 사유하려는 것은 궁극적으로 지금과는
다른 존재 방식의 가능성을 모색하기 위한 것이다. 우리
주위의 사소한 물건들과 사소한 현상들에 대해 써보려고

한다. 주목받지 못한 채 구석구석에 흩어져 있는 하찮은
사물들 속에 세상에 관한 잊혀진 단서가 숨어 있을지 모른다.

　얘기가 나온 김에 우산을 텍스트로 읽어보자. 우산을
예로 든 것은 엊저녁 늦은 시간에 제법 거세게 내리는 봄비
속에서 약간 감상적인 기분으로 한적한 비탈길을 걸어
내려오다가 느닷없이 불어온 바람에 우산이 날아가는 낭패를
겪었던 탓이다. 손잡이를 꼭 붙들고 있었는데 마치 누군가가
낚아챈 것처럼 우산살과 천이 송두리째 날아가 버렸다.
바람은 그것을 길가의 어두운 숲속 어딘가에 처박아버렸고
내 손에는 접이식 우산의 앙상한 하반신만이 남아 있었다.
금세 온몸이 젖어서 아내에게 구조 요청을 했으나 나의

위치를 마땅히 설명할 방법이 없어서 비를 맞으며 건물들이 있는 큰길까지 10여 분을 걸어야 했다. 이 무심한 자연 속에서 인간으로 살아간다는 것이 참으로 민망한 일이라는 생각이 들었다. 가련하게 젖은 몸을 웅크린 존재 하나가 자신의 발밑을 기어가고 있다는 것을 전혀 모르고 있을 비의 신 아래서, 나는 죄지은 사람처럼 고개를 숙이고 내가 이고 다니는 가장 오래된 우산인 머리카락과 눈썹에 의존하며 빗길을 걸었다.

예전에 잃어버리면 핀잔을 들어야 했던 우산은 이제 각종 모임이나 동창회 같은 데서 공짜로 나눠주는, 잃어버려도 표가 나지 않는 가치 없는 물건이 되었다. 현관

신발장 속에, 자동차 트렁크 속에 대체 몇 개의 우산이 들어 있는지 알지 못한다. 그것들은 명색은 내 소유물이지만 언젠가 내 손에 들어와 나의 시선 바깥에서 빈둥거리다가 소리 없이 사라지는 물건이 되었다. 우산의 구조는 그것이 발명된 이래 거의 변하지 않았지만, 디자이너들은 그 무게와 부피를 줄임으로써 그것의 물건으로서의 가치와 존재감을 극소화하는 일에 몰두하고 있다. 쏟아지는 빗속에서 얇은 천조각 하나로 국지적인 '맑음'을 만들어내는 이 놀라운 존재가 그 가치를 잃어가고 있다는 것은, 우리가 죄지은 사람처럼 머리를 숙이고 건너가야 할 노천이 줄어들고 있음을 말해준다. 주차장에서 현관까지 몇 발짝 안 되는

여백만이 아직 우리의 머리 위에 남아 있다. 지구 전체가
바람이 불어도 날아가지 않는 단단한 우산들로 덮어 씌워지고
있는 것이다. 우리의 사유 또한 같은 운명에 놓여 있다.
때로 우리는 머리 위의 우산을 벗어던지고 비 내리는 세상을
맨몸으로 건너갈 필요가 있다.

「나무」
2732x2048px, 디지털드로잉, 2024

꽃과 화분

　　전시회를 열면 지인들이 꽃을 보내온다. 꽃에 대해서
거의 백치나 다름없는 나도 그 덕에 모처럼 꽃을 가까이
해본다. 오토바이 헬멧을 쓴 꽃집 아저씨가 가까운 사람들의
이름을 붓글씨로 적은 꽃다발이나 화분을 가져다 놓고
인수증에 서명을 받아 간다. 화환을 정중히 사절한다고 해도
소용없다. 사람들은 여전히 축하하는 마음을, 또는
감사하거나 애도하거나 사랑하는 마음을 전하는 더 나은
수단을 찾아내지 못한 것 같다. 어버이날에 아이들이
달아주는 카네이션, 직장에서 승진하거나 자리를 옮긴
사람들에게 배달되는 난초 화분, 장례식장의 흰 국화 화환과
연인에게 슬며시 건네주는 붉은 장미……. 그것들은 사람의

　　　　　　　　　　　짧은 만남, 긴 이별

마음을 전하는 오래된 기호이다.

　　그저 전시장에 와주는 것만으로, 또는 축하한다는
한마디 말로도 충분하지 않은가 하면서도 그 화사한
꽃이라는 기호에 말과는 또 다른 각별한 의미가 있는 것을
부인할 수 없다. 그것은 먹을 수도 없고 입을 수도 없으며
황금이나 보석처럼 오래가지도 않는다. 꺾으면 쉽게 꺾이는
이 연약한 존재는 이내 시들고 말라서 가루가 되어
사라져버릴 것이다. 그러나 이처럼 허망한 소멸의 운명을
알면서, 혹은 모르는 채로 자신의 모든 것을 바쳐 한 순간 이
세상에 없는 저만의 빛깔과 향기를 내놓는 데 열중하는

모습은 우리의 마음을 움직인다. 화려한 장미와 백합만이 아니라 민들레와 도라지꽃에도 자신의 조건 속에서 최선을 다하는 한 존재의 지극함이 있는 것이다. 우리가 꽃에 매혹되는 것은 우리의 상상을 넘는 이 지극함과 관련이 있다. 그 경이로운 느낌을 달리 말할 수 없어서 아름다움이라고 부른다. 그런 상태에 다가가기를 꿈꾸며 미술을 하고 있지만, 전시장의 작품들이 과연 한 송이 꽃만큼 훌륭할 수 있을지는 자신이 없다. 아무튼 우리는 다른 사람에게 마음을 전해야 할 이런 경우에 꽃을 대신할 마땅한 기호를 갖고 있지 못하다. 물질과 물질 아닌 것 사이, 존재와 소멸의 경계에 있는 그런 선물은 정말 흔치 않다. 그러므로 아마 꽃들은 우리에게서

짧은 만남, 긴 이별

남에게 전할 '마음'이란 것이 사라지기 전까지는 멸종되지 않을 것이다. 그때까지는 콘크리트 도시의 구석구석에서 사람들의 마음을 배달하는 꽃집들도 문을 닫지는 않을 것이다.

　화려하지만 시들면 버려야 하는 꽃다발과는 달리 화분은 오래간다. 전시회 때 친지들이 보내준 화분을 거실에 두고 물을 주며 키운다. 서양 난도 있고 벤자민도 있다. 어쩐 일인지 요즘은 예전에 무심했던 그 화분 속의 식물들에 눈길이 간다. 꽃은 이미 져버렸지만 언제 다시 화사한 꽃이 필지 알 수 없다. 거실 유리창으로 들어오는 아침 햇살 속에

어쩌다 게으름을 피우며 앉아 있다 보면 그것들과 내가 무슨
인연으로 이렇게 한 지붕 밑에 살게 되었나 싶을 때가 있다.
파릇한 새잎이 나오면 반갑고 잎이 시들면 걱정이 된다.
그래도 그것들이 애완견이나 금붕어처럼 그 이상의 배려를
요구하지 않는 것이 다행스럽게 느껴질 뿐이다.

　　　화분은 잘못된 이름이다. 사실 화분은 꽃이 잠시
피었다가 지면 대부분의 세월을 잎사귀와 줄기만을 담고
있다. 화분은 땅에 뿌리를 박아야 살 수 있는 식물을 땅에서
떼어내 한 줌 흙덩이 위에서 떠돌이로 살아가게 한다.
나무에게 그것은 세계 전체이며 벗어날 수 없는 현재이자

미래이다. 꽃나무는 화분에 담긴 흙의 부피만큼, 주어지는 양분과 햇빛만큼으로 제한된 현재를 견디며 미래를 꿈꾼다. 벌과 나비가 들어올 수 없는 불임의 공간에서 필사적으로 해를 향해 새 잎사귀를 펼쳐내고 남몰래 빛깔들을 모아 절망적인 꽃을 피운다. 그런 꽃만을 보려고 나무를 키우는 건 야박한 일이라는 생각이 든다.

꽃이니 나무니 하는 것에 마음이 가는 것은 나이가 드는 증거라고 한다. 벚꽃놀이 가는 것을 이해할 수 없었던 나도 나이가 들어가는 모양이다.

AHN

「안경」
2732x2048px, 디지털드로잉, 2024

안
경

　최근 몇 년 사이에 눈이 많이 나빠졌다. 학생들이 마치
약속이라도 한 것처럼 10포인트 크기로 출력해 오는
리포트의 잔글씨들을 이제 맨눈으로는 읽을 엄두가 나지
않는다. 은행에서 예금청구서 같은 것을 적을 때 고객용으로
비치해둔 돋보기에 거리낌 없이 손이 가고, 음식점에서
자잘한 글씨로 쓰여진 메뉴판이 나오면 안경을 꺼내기가
싫어서 다른 사람이 시키는 걸 그냥 따라서 주문하게 되었다.
내가 다뤄야 할 세상은 점점 더 작은 기계와 단추와 액정화면
글자들로 가득 채워지고 있는데, 내 눈은 작은 것들을 한사코
외면하려 드는 것이다. 노안老眼, 노인성 원시라는 것.
카메라로 치면 접사接寫 기능이 망가진 셈이다. 내 몸에서

　　　　　　　　　　짧은 만남, 긴 이별

가장 투명하고 밝았던 부분에서 발생한 이 파업은, 좀
과장하자면 세상과 사물들이 조금씩 나를 떠나 소실점을
향해 출발하고 있음을 느끼게 한다. 눈이 어두워지는 만큼
세상이 어두워지기 시작한 것이다.

　　이 유쾌하지 않은 현상의 가장 기이한 특성은
가까울수록 잘 안 보인다는 것이다. 먼 곳의 사물들은
예전처럼 선명한데, 손에 잡히는 근거리의 것들은 초점이
흐려지고 윤곽선이 무너지며 서로 뒤섞인다. 멀리 있는 것이
상대적으로 잘 보이기 때문에, 뭔가를 자세히 살펴보려면
코앞으로 바짝 끌어당겨서 '들여다'보는 것이 아니라 팔을

뻗어서 저만큼 멀리 '내다'놓고 보아야 한다. 그전까지 내게
익숙했던 사물의 정상적인 질서는 그게 아니었다.
가까울수록 잘 보이던 것에서 멀어야 잘 보이는 것으로
사태가 180도 반전되었다.

어떤 대상을 자세히 보려 할 때 그것과 나 사이에 일정한
거리가 필요하게 되었다는 것은 의미심장한 일이다. 거리를
두고 보아야 사물의 윤곽이 뚜렷해진다는 것은, 그것만을
집중해서 보는 것이 아니라 그 주위의 다른 것들 속에서
그것들과 함께 사물을 바라보게 된다는 것이다. 나의 눈은
내게 세상의 자잘한 세부는 이제 그만 들여다보고 시야를

넓혀서 큰 덩어리들을 봐야 할 나이가 되었다는 암시를 하고 있는 것일까? 이제부터는 부분보다 전체를, 대상 자체보다는 그것과 다른 것들 사이의 관계를 살펴보라고 주문하는 것일까? 그러나 아무리 그럴듯한 의미를 가져다 붙이려 해도, 가까울수록 세상이 흐려지는 이 새로운 눈의 질서는 낯설기만 하다.

안경은 네 개의 지지점을 갖고 있다. 그것은 눈 바로 아래에 인접해 있는 콧잔등 양쪽과 눈높이에 있는 양쪽 귓바퀴 바깥쪽 계곡에 걸려 있도록 설계되어 있다. 눈 주위의 밋밋한 절벽에서 뭔가를 걸칠 수 있을 만큼 돌출된 부분이 이것들 말고는 없다. 안경의 모양에는 이들 기관의 모양과 관계가 그대로 들어 있으니, 외계인들이 지구인을 연구한다면 안경 하나만 갖고도 상당히 많은 정보를 얻을 수 있으리라.

안경 주위의 기관들, 이목구비는 모두 외부의 정보를 내부로 받아들이는 장치들로서 협력 관계인 동시에 경쟁 관계에 있다. 그중에서도 특히 귀와 눈의 관계는 주목할 만하다. '백문이 불여일견'이라 할 때 그것은 귀에 대한 눈의 절대 우위를 표현하고 있다. 귀로 백 번 듣는 것보다 눈으로 한 번 보는 것이 낫다는 이 유물론적 명제에는 귀에 대한,

그리고 귀를 통해 전해지는 말에 대한 완강한 불신과 홀대가
담겨 있다. 반대로 '태초에 말씀이 있었다'라고 할 때
그것은 눈에 대한 귀의 우위를 표현하고 있다. 빛이 있으라는
말씀이 있은 후에야 비로소 눈으로 볼 수 있는 형상이
생겨났다는 것이다. 한쪽은 눈을 믿으라 하고 다른 한쪽은
귀를 믿으라 한다. 우리가 '안경다리'라고 부르는 부분은
그러니까 인류 역사를 관통하는 이 역사적인 경쟁자들
사이를 물리적으로 잇는 실질적인 다리의 역할을 하고 있다.
안경을 쓰게 되면서 나는 내 눈이 귀의 도움을 받아서 보고
있음을 새삼 깨닫는다. 안경의 형상은 본다는 것이 눈만의
독립적인 성취가 아니라 듣는 것, 말과 텍스트에 연관되어

있음을 암시하고 있다.

짧은 만남, 긴 이별

2022 AHN

「싱크홀」
1578×844px, 디지털드로잉, 2022

원
목
마
루

     몇 달 전 입주한 내 작업실 바닥에는 나뭇결무늬가
선명한 갈색 마루판이 깔려 있다. 작업 때문에 잡다한 재료
상점들을 들락거린 경험으로 나는 그것이 진짜 나무가
아니라 플라스틱 재질 위에 인쇄된 가짜라는 것을 금세
알아차릴 수 있었지만, 그것을 쓸고 닦으며 들여다볼수록
여기 동원되고 있는 사실적인 묘사와 정교한 재현의 기술에
감탄하지 않을 수 없었다. 나뭇결의 형태와 색깔, 표면의
질감과 요철을 있는 그대로 복사하는 차원에서 한발 더
나아가서, 여기에는 나무가 판재로 가공된 이후에 겪었음
직한 적당한 마모와 부식의 흔적이 들어 있다. 나무가 건조될
때 생기는 불규칙한 균열, 그 틈새로 스며든 물과 곰팡이에

짧은 만남, 긴 이별

의한 약간의 부식, 그로 인해 나타나는 짙은 얼룩이 이
마루판에 약간 낡은 느낌을 주면서 사실감을 더하고 있다.

그러나 검은 석유에서 뽑아낸 화학물질로 만든 이
합성수지 마루판 제품에는 그것이 재현하고 있는 실제의
나무와 관계있는 물질이라고는 톱밥 한 톨도 들어 있지 않다.
햇빛 아래서 수천 개의 반짝이는 푸른 잎사귀를 펼쳐내고
비바람을 견뎌냈던 진짜 나무가 완전히 부재하는 가운데,
플라스틱 판재는 나뭇결에 담긴 무수한 여름과 겨울, 생장과
소멸 사이의 기나긴 드라마와 그 위를 거쳐 간 시간의 궤적을
고스란히 자기 것으로 가로챈다. 공장의 기계가 이 일을
해내는 데는 아마 몇 초의 시간도 걸리지 않았을 것이다.

이것은 죽은 플라스틱에 생명의 옷을 입히고, 순식간에 수십 년 세월의 흔적을 복제하는 마법의 연금술이다. 원목처럼 습기에 썩거나 뒤틀리지 않고 벌레도 먹지 않는 이 가짜 원목마루는 시간의 무자비한 힘에 끈질기게 저항하면서 정지된 지금의 모습을 아주 오랫동안 유지할 것이다.

이런 바닥 위에 발을 딛고 있는 나는 말하자면 '그림' 위에서 살고 있는 셈이다. 그러나 공장에서 나올 때부터 이미 적당히 낡은 것처럼 만들어져 친근감마저 느끼게 하는 이 마룻바닥 그림의 뒷면에는 회색 콘크리트와 녹슨 철근과 접착제와 검은 석유에서 뽑아낸 플라스틱이 있다. 이 모든 것들의 표면에 종잇장보다도 얄팍한 나무의 이미지, 자연의 허상이 덧씌워져 있을 뿐이다. 나는 그것이 그림이고 껍데기임을 분명히 알지만, 그러면서도 내심 그것을 진짜 나무라고 믿고 싶어 한다. 가짜 마루판이 내놓는 눈속임에 나도 짐짓 스스로를 속이려 든다. 그래도 아직은 이것이 기만이라는 사실은 안다. 그러나 시간이 갈수록 진짜 나무의 기억은 희미해질 것이고, 반대로 가짜를 만드는 기술은 더욱 정교해질 것이다. 그리하여 언젠가는 이것이 눈속임이라는 사실조차 완전히 잊게 될 때가 올 것이다.

여기에는 가짜 보석이나 유사품을 구매해 실제로는 소유할 수 없는 진품, 원본에 대한 욕구를 해소하는 것과 같은 원리가 들어 있다. 플라스틱 마루판에는 돌아갈 수 없는 과거에 대한 그리움이 담겨 있고, 진짜 숲에서 잘라 온 값비싼 원목으로 마루를 깔 수 있는 부유한 삶에 대한 선망이 들어 있다. 그리움과 선망은 소비와 산업을 굴러가게 하는 힘의 원천이다. 원본들을 향한 그리움은 우리의 연약한 마음속에 이미 넘치도록 들어 있고, 또 언제나 마를 틈이 없이 새로 채워진다.

내가 발을 딛고 서 있는 이 바닥, 내 삶을 떠받치고 있는 토대가 바로 그 뒤에 숨어 있는 실재를 은폐하고 망각하게 하는 조작된 환영의 이미지요 보잘것없는 껍데기라는 사실은 의미심장하고 또 불길하다. 이 사실을 인정함과 동시에 곧바로 나를 둘러싼 많은 것들, 어쩌면 나의 존재 자체가 이러한 눈속임의 기만적인 이미지들로 이루어져 있을지 모른다는 회의가 밀려들기 때문이다.

껍질을 들추고 그 이면을 들여다보는 것, 발밑 마룻바닥 뒷면의 어둠을 응시하는 것은 그래서 불편한 일이다. 그것은 어쩌면 내가 서 있는 바닥을 스스로 무너뜨리는 결과를 가져올지도 모른다. 그것은 전적으로 선택의 문제다.

「하면 된다」
1807x1556px, 디지털드로잉, 2024

문
자
바
이
러
스

영상의 시대가 왔다고 해서 문자의 시대가 갔다고 말할
수 있는 것은 아니다. 영상의 영향력이 확장되고 있는
가운데서도 우리는 여전히 문자의 세계 속에서 살고 있으며
앞으로도 그 세계를 벗어나지 못하리라는 것은 분명해
보이기 때문이다. 이 사실을 확인하기 위해서는 그저
문밖으로 나서기만 하면 된다. 형형색색의 간판과 현수막과
표지판과 스티커에 담겨진 문자들로 빈틈없이 채워져 있는
도시가 밤낮없이 우리를 기다리고 있다. 건물의 전면은 말할
것도 없고 전봇대, 고가도로의 교각과 같이 별 볼 일 없는
여백마저도, 비워두는 것이 마치 부도덕한 일이기라도 한
것처럼 대리운전이니 전화 데이트니 베트남 처녀 결혼이니

하는 광고 문구로 도배가 되어 있다. 현관문을 열자마자
우리가 발을 들여놓는 곳은 우리가 알아야 할 것들, 지켜야 할
것들, 우리를 행복하게 해주는 것들을 알려주는 문자 정보의
드넓은 바다인 것이다. 웬만큼 단련이 되지 않으면 그 속에서
표류하다가 익사할 수도 있는 바다.

　　이 소란스런 문자의 지옥으로부터 벗어나 잠시 산과
바다로 떠난다 해도 사정이 나아지지는 않는다. 그곳은
그곳대로 이미 극성맞은 문자 바이러스에 감염되어 있다.
뼈다귀해장국, 생고기, 닭갈비, 소머리국밥, 땅 땅 땅,
사망사고 발생 장소 따위의 단어들이 어디서나 우리에게

달려들고, 모국어로 가능한 모든 문학적 상상력이 동원된
식당과 모텔과 부동산 중개업소의 이름들이 시야를 가로막고
있다. 도시를 벗어나서 자연에 가깝다고 알려진 장소에
다가가면 갈수록 그곳에서 우리가 만나야 하는 것은 오히려
더 강도가 높아지는 문자의 집중포화이다. 자동차를 타고
빠른 속도로 지나쳐 가는 여행객들의 노고를 덜어주기 위해
이곳의 문자들은 한층 더 자극적이고 선정적이다. 휴가지는
가까스로 짬을 내어 도시를 떠나온 가련한 뜨내기들에게
먹을 곳과 잠잘 곳을 알려주기 위해, 그들이 떠나온 곳보다 더
극심한 문자 과밀지구가 되어 있다.

짧은 만남, 긴 이별

도시 미관을 걱정하는 사람들이 망가진 시각 환경을
개선하려고 전문가들이 만드는 모범적인 간판 디자인을
보급하는 사업을 시작했다고 한다. 하지만 이러한 선의의
노력이 눈에 띌 만한 성과를 낼 전망은 별로 없어 보인다.
우선 그것이 유해물질에 의한 환경오염 문제처럼 당장
사람이 죽고 사는 문제가 아니기 때문이다. 간판이 만들어낸
'문자의 바다'에 빠져죽은 사람은 아직 보고된 바 없으며, 이
바이러스의 해독害毒은 그저 눈이 좀 피곤하고 남들에게
보여주기가 부끄러울 뿐이지 시스템을 마비시킬 정도는
아니다. 민생民生이 지상 과제인데 이 정도는 참고 견뎌야 할
것이다.

그러나 더 근본적인 문제는 이것이 디자인의 문제, 미적
취향과 감각에 국한된 문제가 아니라는 데 있다. 계몽이나
규제를 통해서 간판 업자와 업주 들의 디자인과 언어 감각을
순화시키거나 세련되게 만들 수는 있겠지만, 간판을 읽는
'독자' 즉 시민의 삶의 양상이 달라지지 않는 한 상황이
바뀌기는 어렵다. 모양과 구조가 똑같고 평수만 다른
아파트를 수없이 옮겨 다니는 지금의 삶, 신도시라는
이름으로 전혀 새롭지 않은 새로운 도시가 끊임없이
개발되는 대한민국의 삶이 이런 간판을 요구하기 때문이다.

짧은 만남, 긴 이별

매일같이 집들이 헐리고 산이 깎이고 풍경은 낯설어진다. 장소와 기억이 연결되지 않는다. 그때그때 정보가 제공되지 않으면 우리는 당장 어디로 가서 무엇을 먹어야 하고 어디에 몸을 눕히고 잠들어야 하는지 알 수 없게 되었다. 모든 사물에 그것을 지칭하는 이름과 설명이 동어반복적으로 붙여지는 것은 이 때문이다. 휴가지에 가서 현지 간판업자의 조악한 디자인 감각을 탓할 일이 아니다. 전 국토를 오염시키는 문자 바이러스는 다름 아닌 우리 자신이기 때문이다.

하면 된다.

「풍경」
2732x2048px, 디지털드로잉, 2024

올
인
기
념
관

연쇄살인범의 오피스텔에서는 범죄영화
비디오테이프가 발견되고, 영화 〈실미도〉가 흥행 기록을 세운
뒤에는 실미도로 가는 버스 노선이 새로 생긴다. 현실은
드라마를 만들어내는 모델이지만, 드라마는 다시 새로운
현실을 만드는 모델이 된다. 드라마와 현실, 가상과 실재는
서로 뒤섞이고 결국에는 무엇이 가상이고 무엇이 실재인지
구분할 수 없는 지경에 이른다. 흔히 들어왔던 이런 상황을
여름휴가 때 제주도에서도 경험했다. 드라마 〈올인〉의 무대가
되었던 곳, 제주도 동쪽 끝 바닷가 절벽 위에서 사람들은
드라마를 모델로 하는 새로운 현실을 만들어내고 있었다.

짧은 만남, 긴 이별

성산일출봉이 바라보이는 드넓은 초원과 파도가
부서지는 절벽 위로 그림 같은 하얀 등대가 서 있는 이곳은
훌륭한 경치로 예전부터 알려진 관광 코스였지만, 바로 이
드라마 때문에 더 유명해졌을 뿐 아니라 관광의 내용 자체가
바뀌고 있는 중이었다. 조금 과장한다면 드라마가 이곳의
돌멩이 하나 풀 한 포기까지 남김없이 접수하고 있는
느낌이었다. 주차장 앞에서 음료를 파는 상점은
'올인휴게소'라는 간판을 달고 있었고, 절벽을 따라 이어진
산책로 중간중간에는 드라마 속의 송혜교와 이병헌의 컬러
사진을 실제 크기로 확대한 입간판들이 세워져서 이곳이
바로 '그 현장'이었음을 강조하고 있었다. 사람들은 마치 사진

속 배우들을 실제로 만난 것처럼 그 옆에 서서 기념 촬영을
하고, 마치 자신이 그 주인공이 된 것처럼 그들의 포즈와
표정을 흉내냈다. 수녀복 차림으로 기도하는 송혜교의 사진
앞에서는 눈 감고 두 손을 모은 모습으로, 난간에 걸터앉은
이병헌의 사진 앞에서는 같은 난간에 앉아 외로운 터프
가이의 표정으로 사진들을 찍었다.

　　이곳의 관리자들은 자신들이 무엇을 해야 하는지를
정확히 알고 있다. 관광객들이 원하는 것은 다름 아닌
관광지의 현장에서 찍은 자신들의 사진이라는 것, 사진은
관광의 부수적인 잔여물이 아니라 중요한 목적, 나아가서

　　　　　　　　　　　　　　　짧은 만남, 긴 이별

관광 그 자체라는 것, 그러므로 이상적인 관광지란 일종의
사진 촬영 스튜디오가 되어야 한다는 것…… 이곳에서 나는
영화 〈트루먼 쇼〉에 나오는 것과 같은 거대한 촬영용 세트
속에 들어와 있다는 생각을 지울 수 없었다.

　　더욱 흥미로운 것은 이 산책로가 끝나는 곳에 드라마에
사용되었던 세트와 똑같은 모양으로 진짜 건물이 지어지고
있다는 사실이었다. 다행스럽게도(?) 실제 드라마 촬영에
사용됐던 세트가 태풍에 날아가버렸고, 그래서 사람들은
이제 그곳에 합판이 아닌 콘크리트로 된 진짜 집을 짓고 있는
것이었다. 이름하여 올인 기념관. 이 건물이 완성되면

관광지도 속에서 이곳의 지명이 바뀔 것이다.

관광객들이 찾고 있는 것은 다름 아닌 무언가를 기념할
'장소'다. 무엇을 기념하느냐는 중요한 문제가 아니다. 제주
4·3사건과 같이 실제로 일어났던 역사적인 사건이든 드라마
속에서 지어낸 사건이든 문제가 되지 않는다. 어떤 장소에
누구나 알고 있는 어떤 사건, 어떤 일화가 있으면 그걸로
충분하다. 사람들에게는 그 장소에 자신이 직접 가본 적이
있다는 사실과 이를 증명할 기념사진이 필요할 뿐이다.

여행지에서 우리가 원하는 것은 명소名所, 말 그대로

짧은 만남, 긴 이별

이름이 붙어 있는 어떤 장소다. 이름이 없는 것들, 노을이나 뭉게구름, 반짝이는 풀잎들 같은 것들은 아무리 아름답다 해도 의미를 갖지 못한다. 그것들에는 이름이 없기 때문에, 아니 그것들의 이름이 고유명사가 아니기 때문이다. 우리는 고유명사가 붙은 어떤 장소에 있는 우리 자신의 사진을 찍기 위해 여행을 가고 있다. 우리의 여행이 사진에 너무 많은 것을 '올인'하고 있지 않은지 생각해볼 일이다.

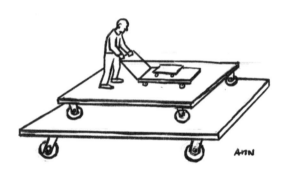

「바퀴」
2732x2048px, 디지털드로잉, 2024

바퀴

    주위에 바퀴 달린 물건이 많아지고 있다. 길에 굴러다니는 자동차야 말할 것도 없고, 의자와 냉장고, 침대, 여행 가방과 계단, 심지어 어린아이들의 신발 바닥에까지도 바퀴가 달려 돌아가고 있다. 청계천에 나가 보면 우리가 갖고 있는 모든 물건에 부착할 수 있는 수백 가지의 바퀴들을 갖춰놓고 파는 상점들이 즐비하다. 한곳에 붙박이로 머물러 있던 가구들, 전적으로 근육의 힘에 의해서만 움직일 수 있었던 물건들에 바퀴가 달리는 현상에는, 사물의 자연스런 진화 과정이라고만 말할 수 없는 측면이 있다. 왜냐하면 여기에는 전혀 이질적인 요소들의 돌연한 결합과 그로 인한 이전 단계와의 뚜렷한 단절이 들어 있기 때문이다. 정지된

짧은 만남, 긴 이별

사물과 이동하는 사물이 결합함으로써 사물의 기능이 변하고, 그 변화는 다시 그 사물을 사용하는 사람에게로 전이된다.

이를테면 의자는 사람이 한곳에 정지해 있으면서 휴식을 취하거나 어떤 일에 집중하기 위해 만든 물건이었다. 의자는 동물인 사람을 정적인 식물의 상태로 변화시키는 도구이며, 의자에 앉은 사람에게서 다리의 활동성을 일시 정지시킨다. 이때 사람이 취할 수 있는 행동은 상반신에 국한된다. 아이를 학교에 보내서 십수 년간 우리가 가르치는 것은 이렇게 정지된 의자에 얌전히 앉아서 머리와 손을 가지고 어떤 일에

집중하는 것이다. 의자에 앉아 발을 떠는 사람은 이러한
육체적 절제 상태를 견딜 줄 모르는 불안정한 인간으로
간주된다. 그런 의자의 다리에 바퀴가 달리면 상황이
달라진다. 일차적으로는 의자의 기존 기능에 장소를
이동하거나 방향을 전환하는 기능이 추가된 것이라고 말할
수 있다. 그러나 변화는 여기서 멈추지 않고 의자에 앉는 행위
자체에까지 영향을 준다. 바퀴 달린 의자는 더 이상 정지와
집중의 도구가 아닌, 어디로나 굴러갈 수 있고 방향을 바꿀 수
있는 탈것이 되며, 의자에 앉는 행위는 더 이상 좌정坐定을
의미하지 않게 된다. 외형상으로는 앉아 있지만 서 있는 상태,
수시로 이동할 태세를 갖춘 상태로 바뀌는 것이다. 이전까지

짧은 만남, 긴 이별

의자에 앉아 있는 사람이 자신의 위치나 방향을 바꾸려면
일단 일어서서 의자를 옮기거나 돌려놓고 다시 앉아야만
했다면, 이제는 이 세 단계의 동작이 미끄러지듯 한 동작으로
축소된다. 정지와 이동은 서로 뒤섞여 경계가 모호해진다.
바퀴 달린 사무용 의자에 앉은 사람은 정지된 자세로
이동하고, 이동하면서 주어진 일에 집중하는 새로운 유형의
인간이 될 것을 요구받는다. 모든 사무실에 보급되고 있는
사무용 의자는 직원들을 유동적인 바퀴 위에 올라앉은
상태로 일하게 한다. 쾌적한 사무용 의자 위에 안정적으로
앉아 있다고 생각하는 사람들은 자신들이 고스란히 컨베이어
벨트와 같이 구르는 바퀴 위에 올라가 있다는 것을 애써

외면하지만, 그 바퀴 위에서 자신이 언제라도 흔적도 없이
미끄러질 수 있음을 알고 있다.

왕복과 회전의 두 가지 운동 양상이 있다면 사람에게
선천적으로 주어진 것은 왕복운동이었다. 근육과 관절을
이용해 발을 내딛고 끌어당기는 이 원시적인 운동 방식이
바퀴에 의한 회전운동으로 전환되기 시작했을 때 지금의
이러한 단계는 이미 예고되었던 것인지 모른다. 의자와
냉장고에 바퀴를 달고 있는 동안 우리의 발밑은 미끄러지듯
구르는 바퀴들과 그것들이 어디서나 잘 구르도록 하기 위한
포장으로 뒤덮이고 있다. 바퀴의 매개 없이 직접 발을 디딜 수

있는 빈 공간은 이제 우리에게 거의 남아 있지 않다. 지금 이 글을 쓰는 나도 바퀴 달린 의자에 앉아 있다. 자동차 바퀴 위에 앉아서 집과 작업실을 오가고 바퀴 위에 앉아서 글을 쓴다. 삶은 구르는 바퀴 위에서 서커스의 광대들처럼 불안한 균형을 잡는 일이 되었다. 아직까지 디자이너들이 식탁 의자에까지 바퀴를 달지 않는 것이 다행스럽다.

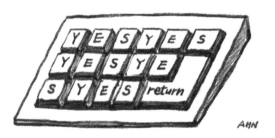

「YES」
2732x2048px, 디지털드로잉, 2024

단추들

우리 주위에는 평소에 그 존재감이 거의 드러나지 않을 정도로 하찮은 사물들이 많이 있다. 사람의 시선을 끌며 당당하게 자기를 주장하는 물건들의 그늘에서 이들은 '엑스트라'로서 가까스로 제 위치를 지키며 그 나름의 존재를 이어간다. 옷의 단추도 그런 물건들 중 하나다. 셔츠에 달린 단추의 존재는 그것들을 매일 채우고 푸는 반복되는 일상 속에서 거의 잊혀지다시피 한다. 셔츠는 주목을 받지만 단추에는 웬만해선 눈길이 가지 않는다. 그것은 목걸이 같은 장신구와 친척관계라 할 수 있으나, 값싼 대량생산의 길에 들어선 이래 그 자체가 주목의 대상이 되는 경우는 드물어졌다. 남성 정장에서 와이셔츠의 단추는 그나마도

짧은 만남, 긴 이별

넥타이에 의해 가려진다. 이 영원한 단역의 존재는 역설적이게도 그것의 뜻밖의 부재 또는 왜곡을 통해서 드러난다. 단추가 떨어져서 셔츠의 소매를 채울 수 없게 되었을 때, 또는 채워져 있어야 할 단추가 풀어져 있거나 첫 단추를 잘못 끼웠을 때 비로소 우리는 그 존재를 의식한다.

　어렸을 때 옷의 단추를 채우는 일은 쉽지 않았다. 손가락들을 상당히 섬세하게 다룰 줄 알아야 단춧구멍에 단추를 밀어 넣거나 다시 끄집어낼 수 있고, 그 일에 익숙해진 다음에도 단추를 엉뚱한 자리에 끼우고 있지 않은지 항상 주의해야 했다. 아주 단순해 보이는 이 동작은

SF영화에서처럼 사람과 똑같은 로봇을 만들려는
과학자들에게 결코 쉽지 않은 과제가 될 것이다.

　단추는 원시적인 형태이긴 하지만 일종의 자물쇠이며,
그것을 열고 닫는 열쇠는 바로 우리의 손가락이다. 숱한
시행착오를 거치면서 우리는 몇 개의 손가락을 단추의
열쇠로 작동하도록 만드는 요령을 터득한다. 그것은 다른
사람의 도움 없이 혼자 옷을 입을 수 있는 독립적인 존재가
되기 위해 반드시 익혀야 하는 기술로서, 이 일을 능숙하게 할
수 있어야 아이는 유아의 단계를 벗어난 것으로 간주된다.
단추에 의해서 나는 나와 바깥세계, 나 아닌 것과 나를

구분하는 법을 배우고, 그럼으로써 내가 누구인지를
의식하는 독립된 개체의 길에 들어서는 것이다.

　한편 이와는 다른 종류의 단추들이 있다. 옷의 단추와는
전혀 구조와 기능이 다른데도 우리는 기계들에 붙어 있는 그
사촌들에도 같은 이름을 사용한다. 형태가 서로 비슷하고,
그것들을 다루는 신체 부위가 손가락 끝이라는 공통점
때문일 것이다. 컴퓨터 자판에, 휴대전화에, 엘리베이터에,
텔레비전 리모컨에 붙어 있는 이 새로운 단추들은 우리의
일상생활 구석구석에서 매일같이 자신들의 영토를 늘려가고
있다. 그것은 옷의 단추들처럼 여전히 그것에 연결되어 있는

기계장치 본체의 부속품으로서 보조적인 위치에 머물며
얌전히 우리의 명령을 기다리고 있지만, 이들은 결코 옷
단추와 같은 세계의 단역이라 할 수 없다. 사람들은 점점 더
많은 일에서 이 단추들에 의존하며, 단추가 없으면 불안하고
아무것도 할 수 없는 사람들이 이미 우리 주변에 급속히 늘고
있다. 이런 유형의 단추는 인류 문명을 치명적으로 파괴할 수
있는 핵공격 시스템에도 들어가 있다. 이 새로운 단추들의
고전적인 원형은 아마 피아노나 타자기 같은 것일 테지만,
이것들을 사용하는 데는 숙련된 기술이 필요없다. 손을
대기만 하면 모든 것이 황금으로 변했던 미다스처럼 그 위에
손가락을 올려놓고 가볍게 누르기만 하면 된다. 아이가 옷

단추를 채우는 법을 배우거나 피아노와 타자를 배울 때처럼 공을 들여 손가락을 훈련시킬 필요도 없다. 필요한 기술은 이 단추 뒤에 프로그램으로 내장되어 있다.

　손끝으로 누르기만 하면 되는 이 친절한 단추들에 의해 사람들은 세상과 접속하고 자신의 존재를 확인한다. 세계는 단추 뒤에 있으며 그것을 누르면서 나는 누가 만든 것인지도 모르는 프로그램을 통해 세계에 개입한다. 예전에 엑스트라였던 단추가 세상과 우리의 미래를 지배하는 주인공의 지위에 오르고 있다.

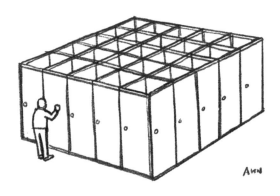

「25개의 문」
2274x1495px, 디지털드로잉, 2024

문

문은 집을 이루는 가장 근본적인 요소 중 하나다. 벽과 지붕이 있어도 문이 없다면 집이 될 수 없다. 안과 밖을 서로 통하게 하는 문이 없다면 집은 무덤과 같은 것이 될 것이고, 안과 밖을 차단하는 문이 없다면 집은 길거리나 다름없는 통로가 될 것이다. 문은 우리에게 세상과 만나는 길을 열어주고 또 세상과 차단된 우리 자신만의 공간을 만들어준다.

열리고 닫히는 문에 의해서 공간을 안과 밖으로 나눌 수 있을 때 비로소 인간의 삶이 가능해진다. 다시 말해서 인간의 삶은 주어진 하나의 공간을 문이라는 도구에 의해 둘로

짚은 민낯, 긴 이별

나누는 데서 시작된다. 문을 닫음으로써 바깥세상과
구별되는 온전한 나의 영역이 생긴다. 나의 존재는 저 바깥의
나 아닌 것의 존재에 의해서 성립된다.

　　노숙자의 고통은 필요할 때 닫을 수 있는 이러한 문을
가질 수 없는 데 있고, 감옥에 갇힌 사람의 고통은 필요할 때
열 수 있는 이러한 문을 가질 수 없는 데 있겠다. 한쪽은 광장의
고통이고 다른 한쪽은 폐쇄의 고통이라 할 수 있다. 그들에게
공간은 하나뿐이며 그것을 둘로 나누어 열고 닫을 수단과
권리가 그들의 손에 주어져 있지 않다. 노숙자에게서는
자신과 바깥세상이 하나로 뒤섞여버림으로 인해서 세상

속에서 나라는 존재를 따로 구분하고 규정할 방법이
없어지고, 수감자에게서는 바깥세상이 사라져버림으로
인해서 세상과 관계를 맺고 그 반대쪽에 있는 자신을 규정할
방법이 없어지는 것이다. 우리가 끊임없이 두려워하는 것은
바로 이런 상태다. 나를 둘러싼 공간에 대한 권한과 자유를
상실함으로써 내가 누구인지를 규정할 수 없게 되는 것이다.
이럴 때 나는 거리에 흘러넘치는 남들이 되거나 고립된
무덤이 될 수밖에 없다. 그런 상태를 생각한다면 아무리
보잘것없는 방 한 칸일지라도 열쇠를 가지고 마음대로
여닫을 수 있는 문을 갖고 있는 것만도 눈물 나도록 감사한
일이 아닐 수 없다.

짧은 만남, 긴 이별

문은 물리적인 공간만을 구분하고 연결하는 것이
아니다. 눈에 보이지 않는, 연속적인 시간을 구분하고 어떤
사건이나 시점을 상징하는 메타포로도 쓰인다. 등용문이니
관문이니 하는 비유들은 우리가 어쩔 수 없이 우리의
시간적인 삶을 공간의 개념에 의존해서 인식하고 이해한다는
증거라 할 수 있다. 이를테면 새로운 시대가 열린다고 말할 때
또는 시험을 통과했다고 말할 때, 우리가 여기서 열고
통과하는 것은 다름 아닌 문의 이미지이다. 새로운
시대라거나 시험이라는 추상적인 개념이 문의 이미지를
통해서 가시적으로 구체화된다. 빗장이 닫혀 있던 그 문을

열고 들어섬으로써 우리는 그 전에 속해 있지 않았던 어떤
새로운 시간 속으로 들어가는 것이다.

　　기념비의 여러 유형들 중에 문이 자주 등장하는 것도
이와 연관이 있을 것이다. 전쟁에서의 승리를 기념하기 위해
개선문을 세우고, 독립을 선언하기 위해 독립문을 세운다.
그것은 하나의 국가가 지금까지와 다른 새로운 시대에
들어섰음을 가시적인 구조물을 통해 선언적으로 표현하려 할
때 사람이 생각해낼 수 있는 가장 자연스러운 형태다.

　　문은 일종의 약속이며 도전이다. 그 뒤에는 지금

이쪽에는 없는 다른 공간이 있다. 우리의 삶은 우리가 아직 경험하지 못한 다른 공간으로 통하는 문들의 약속과 그 문을 열고 그 안에 들어서보려는 호기심에 의해 지속된다. 그 약속은 우리에게 희망을 주고 또 실망과 좌절을 준다. 그리하여 어떠한 약속도 더 이상 믿지 않고 기대하지 않게 될 때, 더 이상 낯선 문들을 열어볼 의욕과 용기를 갖지 못할 때 삶은 끝난다. 물론 여기에도 퇴로는 있다. 지나온 문들을 통해 과거의 기억 속으로 되돌아가 삶을 지속할 수는 있다. 내가 지금 어느 문 앞에 있는지 때때로 살펴볼 일이다.

「의자」
2732x2048px, 디지털드로잉, 2024

타
임
머
신

요즘 과일은 계절을 가리지 않고 나온다. 딸기나 참외
같은 것들을 한겨울 동네 슈퍼에서도 흔히 구할 수 있으니,
거기서 예전 같은 감동을 느낄 이유가 없어졌다. 채소는
비닐하우스에서 사시사철 생산되고 과일들은 냉장창고에
보존된다. 도시 외곽과 농촌의 풍경을 점점 더 낯설게 만드는
이 두 종류의 집은, 시간에 관여한다는 점에서 일종의
타임머신이라 할 수 있다. 공상과학영화의 그것처럼 과거와
미래를 오가는 것까지는 아닐지라도, 그들은 시간의 흐름에
개입하여 식물의 생장과 소멸에 관여하는 계절의 자연적인
순환을 임의로 조작하는 '시간 기계'인 것이다. 일 년 내내
인공적인 여름 아니면 겨울이 계속되는 그곳에서 계절이라는

                             짧은 만남, 긴 이별

말은 무의미해지고 시간은 다르게 흐른다. 한겨울에 우리가 무심코 집어 드는 여름 과일들은 '다른 시간'으로부터 우리에게로 건너온 것임을 기억할 필요가 있다.

시간은 우리에게 남겨진 마지막 미지의 세계이다. 밤이 오고 다시 날이 밝는 것을 보고, 아이가 자라고 사람이 늙는 것을 보지만, 그때 우리가 보는 것이 시간 자체는 아니다. 그것은 시간이 우리에게 한 짓—더러는 베풀어준 은총—의 흔적일 뿐이다. 그것이 끊임없이 나를 어딘가로 데려가고 있는 것은 분명하지만, 그것은 결코 자신의 모습을 드러내 보여주지 않는다. 그 도도한 흐름 앞에서 우리는 그저 무력한 희생자이며 관객에 불과하다. 우리가 거기에 관여할 수 있는 것은 오직 공간을 통해서 뿐이다. 인간의 힘으로는 어찌할 수 없는 시간을 공격하기 위해, 또는 시간의 공격을 막아내기 위해 우리는 시간의 강을 우회하여 공간을 이용한다. 돌을 깎아 기념비를 세우고 타임캡슐을 묻고 거대한 박물관을 짓는다. 박물관 건축이 요새처럼 보인다고 불평하는 사람들도 있지만, 그 목적을 생각하면 어쩔 수 없는 일이다. 그것은 원래 시간과의 전쟁을 위한 방어진지인 것이다. 그러나 이런 노력들도 그다지 믿을 만한 것은 아니다.

비닐하우스는 가짜 여름을 만든다. 식물의 성장에 필요한 특정한 온도와 습도에 의해 여름이 그대로 재현되고 지속된다. 햇빛과 열기는 받아들이되 고속 성장에 방해가

되는 비와 바람과 밤이슬은 차단된다. 그 안에서 식물은
고단위로 압축된 시간, 영원히 계속되는 여름을 경험한다.
자동차의 가속페달을 밟을 때처럼 시간이 빨리 간다. 반면에
냉장창고는 '겨울의 집'이다. 그것은 저수지의 둑처럼 시간을
가두어 흐르지 못하게 함으로써 식물의 부패와 소멸에
소요되는 시간을 최대한으로 연장한다. 살아 있는 모든
것들에게 숙명적인 부패의 속도를 최대한 늦춤으로써 그것이
갓 수확되었을 때의 상태를 유지한다. 영원히 계속되는 겨울.
그 안에서 식물은 삶과 죽음 사이, 삶도 아니고 죽음도 아닌
시간을 겪어야 한다. 여기서 신선함이란 오래 지속되는
죽음의 다른 이름일 뿐이다.

한쪽은 싹이 트고 꽃이 피고 열매가 맺는 공장이고, 다른
한쪽은 성장이 완료된 열매가 썩어서 다시 씨앗을 틔우게
하는 자연의 시간을 정지시키는 공장이다. 한쪽은 휴식 없는
성장을, 다른 한쪽은 변화 없는 휴식, 영원한 가사 상태를
무한정으로 연장한다. 한쪽은 삶이, 다른 한쪽은 죽음이
지배한다.

　　그 속에서 식물은 속는다. 혹은 속아준다. 가짜 여름을
여름이라고 믿는다. 돼지나 닭이 종족 보존을 위해
양돈장이나 양계장에서의 주어진 운명을 받아들이는 것처럼,
여기서 식물은 그 운명을 받아들인다. 그러나 식물에 대한 이

성공적인 사기극으로 인해서 우리도 잃어버린 것이 있다.
무언가를 기다린다는 것, 결핍을 참고 견디는 인내와 체념,
기다리던 것이 조금씩 다가올 때의 설렘, 그리고 오랜
기다림과 목마름의 대상을 드디어 만나게 되었을 때의
형언할 수 없는 감동이 사라져버렸다. 요즘 과일 맛, 음식들의
맛이 예전 같지 않은 건 이 때문이다.

「모자 I」
2732x2048px, 디지털드로잉, 2024

지우개

　　지금 당신의 책상 서랍이나 필통 속에는 아마 지우개가
한두 개쯤 들어 있을 것이다. 그러나 아주 특별한 경우가
아니면 그것을 사용할 일이 거의 없을 것이다. 학교에 다니는
동안 연필과 함께 늘 챙겨야 했던 이 보잘것없는 고무
덩어리는 글씨를 쓰거나 계산을 할 때 번번이 일어나는
실수를 처리해주는 아주 요긴한 물건이었지만, 학교를 마친
다음부터는 쓸모가 없어진다. 그때부터는 연필이 아니라
검정색 볼펜이나 만년필을 써야 하기 때문이다. 아무도
이력서나 입사지원서, 부동산매매계약서를 연필로 쓰지
않는다. 한번 기록된 것은 지울 수도 없고 지워져서도 안
되며, 지워지더라도 분명한 흔적을 남겨야 한다. 진술과

　　　　　　　　　　　　　　짧은 만남, 긴 이별

약속의 세계에서 연필로 쓴 기록은 무효다.

　연필과 함께 지우개도 쓸모가 없어진다. 그리고
지우개의 퇴장과 함께 실수와 잘못을 용서받을 수 있었던
시절은 지나가버린다. 삶은 돌이킬 수 없는 것이 된다. 그것은
더 이상 연습이 아니며 틀렸음을 알아차렸을 때 지우고 다시
쓸 수 있는 받아쓰기가 아니다. 그럼에도 지우개와의 작별은
기억조차 되지 않는다. 그것들은 우리가 의식하지 못하는
사이에 아주 조용히 우리의 시야 밖으로 사라져버린다. 오랜
시간이 지난 뒤 어쩌다 아이들 공부방에서 그것들을
발견하고 그 익숙한 촉감과 냄새 속에서 과거를 추억하는

일은 있을지 몰라도, 그것이 삶에서 중요한 도구가 되는
시간은 다시 오지 않을 것이다.

연필의 짝이지만 그것은 연필과는 대조적인 물건이었다.
종이와의 삼각관계 속에서, 연필이 종이 위에 쓴 것을
지우개는 지운다. 연필이 종이 위의 세상을 헤쳐나가며
자신의 존재를 단호하고 분명하게 드러내는 것과 달리
그것은 세상과 부대끼며 사라져갈 뿐 자신의 흔적을 남기지
않는다. 연필이 한 일, 특히 그것이 잘못했던 일을 지워서
없던 일로 돌려놓고는 종이 밖으로 사라져줄 뿐, 지우개는 한
번도 저 스스로 무엇을 말하는 법이 없다. 종이 밖으로

짧은 만남, 긴 이별

추방당한 연필 가루와 뒤섞여 더럽혀지고 산산이 부서진 가루가 되어 저쪽 세상으로 깨끗이 떠나주는 것이 그의 소명이다. 이따금 종이에 구멍을 내는 불상사가 일어나기는 하지만 그것은 원래 지우개가 의도한 바는 아니다. 그 본심은 자신의 부드러움과 연약함을 통해서 상대역인 종이에 가능한 한 어떤 상처도, 기억도 남기지 않으려는 것이다. 연필이 종이 위에 묻어 있는 검은 가루로서 악착같이 이 세상에 남고자 한다면, 지우개는 그 욕망의 부질없음을 침묵으로 드러낸다. 지우개는 망각과 소멸을 기록하기 위한 연필이 됨으로써, 종이 위에 남을 것들을 빛나게 한다.

지우개는 새것으로 내 손에 들어왔을 때의 모습을 급속히 잃어버린다. 반듯하게 각이 졌던 형태가 허물어지고 나면 남국의 이국적인 풍경을 연상시키던 그 특유의 냄새도, 손안에서 나의 체온을 받아들이는 그 정겨운 촉감도 이내 사라져버린다. 흑연 가루의 검은 얼룩을 뒤집어쓴 채 그저 되는대로 둥글둥글 뭉개져 사라진다. 이 과정에는 스스로를 태워서 한 줄기 빛을 만드는 촛불의 극적인 비장함도 우아한 아름다움도 없다. 그러나 그것은 우리에게 공상과 독백의 공간을, 실수와 오류를 범할 자유를 주었다.

미술을 하는 덕분에 나는 아직도 연필과 지우개를

사용한다. 소묘를 하는 과정은 머릿속의 어렴풋한 생각을 연필 끝의 한점을 통해 세상의 빛 속으로 풀어내고 다시 그것들을 지우개로 수없이 지워버리면서 형태를 찾아가는 과정이다. 어른이 되어서도 지우개를 사용할 수 있는 일을 선택한 것을 나는 각별한 행운이라고 생각한다.

지금 책상 서랍을 열고 구석에 처박혀 있는 지우개를 꺼내보라. 당신이 잊었던 몽상과 실수의 세계, 불확실한 목표를 향해 호기심과 두려움과 열정으로 조금씩 다가서던 시절이 그 안에 고스란히 담겨 있을 것이다.

「모자I」
2732x2048px, 디지털드로잉, 2024

경제가 어렵다는 얘기를 몇 년째 듣는지 모르겠다. 가끔 좋은 시절이 있기는 있는 모양인데, 이상하게도 나는 항상 그 시절이 지난 다음에야 그것을 알게 된다. 경제가 잘 돌아가는 동안에는 아무도 내게 그런 얘기를 해주지 않기 때문이다.

지금 경제가 어려운 것은 사람들이 돈을 쓰지 않기 때문이라고 한다. 쓰고 싶어도 쓸 돈이 없는 경우는 어쩔 수 없지만, 여유가 있는 사람들마저 돈을 쓰지 않아서 문제라는 것이다. 경기가 회복되려면 있는 사람들부터 돈을 써야 한다고 한다. 그러나 나는 이런 처방이 정말 효과가 있을지 의심스럽다.

사람이 돈을 쓰는 것은 자신에게 부재하는 어떤 것을 얻기 위해서이다. 그러려면 우선 소유의 대상이 있어야 하고, 그것이 제공하는 가치가 자신에게 결여되어 있음을 알아야 하며, 그 결여를 채우려는 절실한 욕망이 있어야 한다. 어떤 제품이나 서비스가 있고, 그것을 구입하면 생활이 편해지고 사랑받고 젊어지고 행복해진다는 것을 알아야 한다. 뿐만 아니라 그러한 가치들을 그리워해야 한다. 비록 일시적 허상에 불과할지라도, 그것들에 의해 변화될 새로운 삶의 모습을 그려보고 그런 상태를 그리워하게 되어야 돈을 쓰는 것이다.

사람이 돈을 쓰지 않는 것은 소유의 대상이 없거나, 그것이 제공하는 가치가 자신에게 결여되어 있음을 모르거나, 알더라도 그 결여를 채우려는 절실한 욕망이 생기지 않기 때문이다. 어떤 것을 갖지 않아도 견딜 만하고, 그것이 약속하는 새로운 삶의 모습을 그려보아도 그런 상태를 그리워하는 마음이 일어나지 않는 것이다. 어떤 사람들은 불투명한 미래에 대비하기 위해 현재를 희생해야 한다는 믿음 때문에 돈을 쓰지 않고, 어떤 사람들은 물질의 소유 자체에 대한 회의 때문에 돈을 쓰지 않는다. 이들은 상품의 구매가 존재의 무상함을 잠시 잊게 해줄 수는 있을지

짧은 만남, 긴 이별

몰라도 결코 소멸시킬 수는 없음을 알고 있다.

그러므로 사람들이 돈을 쓰게 해서 경제를 살리려
한다면, 그들에게 무언가 결여된 것이 있으며, 그것의 부재로
인해 그들의 삶이 얼마나 불행하고 황폐한지를 알려줄 수
있어야 한다. 부재하는 것에 대한 그리움이 두려움과 냉소를
압도할 수 있을 만큼 커져야 한다. 그러나 문제는, 쓸 만큼
돈이 있는 사람들에게는 새삼스럽게 그리움의 대상이 될
만한 것이 많지 않다는 것이다. 더구나 그들 대부분은 소비를
통한 자기과시의 어리석음과 순간적 충동의 허망함을 알고
있다. 그렇지 않고서는 지금 그 주머니 속에 돈이 남아 있기

어렵다. 그러니 그들에게 무엇이 부재하는지, 그들이 무엇을 간절히 그리워할 수 있는지를 알려줄 수 없다면, 경제를 살리기 위해 돈을 쓰라는 말은 공허할 뿐이다.

경제가 잘 돌아간다는 것은, 한편에서 새로운 상품의 형태로 그리움의 대상이 생산되고 다른 한편에서 전염병처럼 확산되는 그 유혹에 넘어가 그것들을 소비하는 사람들이 있다는 것이다. 우리는 나날이 갱신되는 그리움이 아니면 돌아가지 않는 경제와 함께 살고 있다. 한 가지 생각해야 할 점은 이로 인해 우리 스스로가 무언가를 그리워할 능력을 상실해가고 있다는 사실이다. 우리의 그리움은 상품

기획자에 의해 미리 지정되고 조직되어 완성품의 상태로 제공된다. 우리는 똑같은 바이러스에 집단 감염되며, 여기서 우리가 해야 할 일은 돈을 지불함으로써 그것으로부터 해방되는 것 외에 아무것도 없다. 다만 그 돈을 벌기 위해 자신에게 주어진 시간과 노동을 팔아넘겨야 할 뿐이다. 스스로 그리워할 능력을 잃어버리는 것이야말로 지금 우리가 그리워해야 할 부재의 핵심일지 모른다. 홈시어터를 들여놓고 명품으로 온몸을 휘감아도 채워지지 않는 어떤 그리움이 있을 것이다. 그것을 외면하지 않는 한 누구나 그것을 위해 인생을 낭비할 권리가 있다.

「가족」
3683x2631px, 디지털드로잉, 2024

아버지와 내가 함께한 시간은 길지 않았다. 초등학교 3학년을 마쳤을 때 이미 나는 그의 곁을 떠나왔다. 서울 토박이이면서 지방도시 공립병원의 월급쟁이 의사였던 아버지는 아들을 '좋은' 학교에 진학시키기 위해 서울의 고모 댁으로 보내셨다. 그때 내 나이가 아홉 살이었으니, 너무했다는 생각이 든다. 어머니는 한두 달에 한 번씩 자식을 보러 서울을 다녀가셨지만, 아버지는 방학에 집에 내려가 있을 때 이외에는 뵐 수가 없었다. 내가 대학을 마칠 때까지 아버지는 계속 지방에 계셨고, 건강이 나빠져서 서울로 오셨을 때 나는 군대에 가 있었다. 그러고는 내가 제대하기 한 해 전 세상을 떠나셨다. 그때 나는 스물셋이었다. 짧은 만남,

긴 이별의 인연이다.

내게 아버지가 있었던 시간보다 아버지가 없었던 시간이
더 길어진 지금, 그에 대한 기억은 몇 개의 단편적인
장면들로만 남아 있다. 사진관에 가서 찍은 가족사진 외에는
아버지와 내가 함께 나오는 사진도 몇 장 없다. 오히려 기억
속의 장면들이 사진보다 생생하다.

저녁 식사를 하고 난 뒤 아버지의 손을 잡고 걸어서
영화관에 자주 갔던 일을 잊을 수 없다. 존 웨인이 나오는
서부영화들, 전쟁영화들, 때로는 무서운 장면이 다 지나갈
때까지 눈을 가려야 했던 사극들을 보고 나오면 밤하늘의
별들이 쏟아질 듯 반짝였다. 그 기억 속에 아버지가 함께

있다. 영화는 그 시절 소도시에서 누릴 수 있는 거의 유일한 문화생활이었다. 음악을 좋아하셨고, 언젠가 첼로를 하는 아랫집 청년을 집으로 불러 가족들 앞에서 연주를 청했던 것도 잊을 수 없는 장면이다.

그 밖의 시간에 아버지는 끊임없이 뭔가를 쓰고 그리는 생활로 일관했다. 나중에 안 일이지만, 그것은 외과 수술에 관한 두꺼운 장정의 신간 원서들을 빌려다가 그 내용을 16절 갱지에 고스란히 필사하는 일이었다. 이 무모한 작업을 얼마나 오래 계속했는지, 필사본 뭉치들은 우리 집 다락과 장롱 위에 노끈으로 묶여서 켜켜이 쌓여 있었다. 그 필사본들에는 레오나르도 다빈치의 소묘처럼 글과 그림이

짧은 만남, 긴 이별

함께 들어 있었다. 수술 부위를 설명하는 도판을 펜으로
꼼꼼히 옮겨 그리는 모습을 지켜보면서 내게도 그림을
그려달라고 조르곤 했던 기억이 난다. 그러면 아버지는 하던
일을 멈추고는 말도 그려주고 비행기도 그려주셨다. 내가
그림에 취미를 붙이고 나중에 미술대학을 가기로 마음먹게
된 맨 밑바닥에는 아마 그때의 황홀했던 기억이 들어 있을
것이다. 방대한 분량의 그 필사본들은 아버지가 돌아가신 뒤
몇 번의 이사를 거치며 사라져버렸다. 어머니는 지금도
그것들을 간직하지 못한 것을 마음 아파하신다.

아버지의 삶은 환자를 다루는 일 이외에는 외부와의

접촉이 거의 없는 자족적인 것이었다. 쌀 한 가마가
얼마인지도 몰랐고, 남과의 교섭은 거의 어머니가 떠맡았다.
의사라는 신분이 그나마 이런 삶을 가능하게 했을 것이다.
때때로 병원 직원들의 결혼식 주례를 서는 일은 있었지만,
사람들 앞에 나서거나 남과 부대끼는 번잡스러움을
싫어했다. 그런 삶이 주는 외로움을 반복적인 일에
집중함으로써 넘어설 수 있었던 것으로 보인다. 의학 서적의
필사가 뜸해진 뒤로는 때때로 그림을 그렸고, 쉰이 넘은
나이에 갑자기 독일어를 공부하기도 했다.

　　철이 들면서 나는 아버지처럼 살지 않겠다고 속으로
다짐하곤 했었다. 친구분들처럼 서울에 번듯한 병원을

갖지도 못하고, 그 바람에 가족이 떨어져 살게 된 것을
원망하기도 했다. 대학을 나와 한동안 미술잡지 기자로
생활했지만, 끊임없이 낯선 사람들과 만나고 다른 사람들을
다루는 일은 내 적성이 아니었다. 늦게 떠난 유학 끝에 미술을
업으로 삼게 되고 학교에 자리를 잡으면서, 나는 지금의 내가
아버지처럼 살고 있음을 느끼고 있다. 집과 학교를
규칙적으로 오가는 단조로운 삶, 취미도 없고 사람들과 잘
어울리지 않으며 한자리에서 시시포스처럼 같은 일을
집요하게 반복하는 식물적인 생활을 나는 기꺼이 견딘다.
　　외로움에 대한 내성은 전적으로 아버지의 유산이다.
그가 보여준 삶이 그렇고, 또 나를 일찌감치 떠나보냄으로써

독립적인 인간으로 키운 그의 결정이 또한 그렇다. 내 속에는 나의 아버지가 그대로 살아 계신다.

그림자를 말하는 사람

지은이 안규철
펴낸이 김영정

초판 1쇄 펴낸날 2025년 1월 3일

펴낸곳 (주)현대문학
등록번호 제1-452호
주소 06532 서울시 서초구 신반포로 321(잠원동, 미래엔)
전화 02-2017-0280
팩스 02-516-5433
홈페이지 www.hdmh.co.kr

ISBN·979-11-6790-289-4 03810

* 책값은 뒤표지에 있습니다.